阳光文库

向下的寂寞

许艺——著

黄河出版传媒集团
阳光出版社

图书在版编目（CIP）数据

向下的寂寞 / 许艺著. -- 银川：阳光出版社，2022.8
（阳光文库）
ISBN 978-7-5525-6464-8

Ⅰ. ①向… Ⅱ. ①许… Ⅲ. ①短篇小说－小说集－中国－当代 Ⅳ. ①I247.7

中国版本图书馆CIP数据核字(2022)第156804号

阳光文库 · 向下的寂寞　　许艺 著

责任编辑　杨　皎
封面设计　晨　皓
责任印制　岳建宁

黄河出版传媒集团
阳　光　出　版　社　出版发行

出 版 人　薛文斌
地　　址　宁夏银川市北京东路139号出版大厦（750001）
网　　址　http：//www.ygchbs.com
网上书店　http：//shop129132959.taobao.com
电子信箱　yangguangchubanshe@163.com
邮购电话　0951-5047283
经　　销　全国新华书店
印刷装订　宁夏凤鸣彩印广告有限公司
印刷委托书号　（宁）0024369

开　　本　720 mm × 1000 mm　1/16
印　　张　13.25
字　　数　200千字
版　　次　2022年8月第1版
印　　次　2022年9月第1次印刷
书　　号　ISBN 978-7-5525-6464-8
定　　价　38.00元

目录

后　湾 / 001

火　事 / 015

米　子 / 042

游　园 / 071

黑　白 / 113

痒 / 136

千条路 / 158

药 / 194

后湾

盛夏来临，生命进入了平稳的旺盛期，柳树的枝条和叶子不再如春天里那样奋力地改变自己，墨绿的叶子像若有所思的中年人一样波澜不惊。那些会结果实的生命自然有些不同，杏树的叶子再茂盛也没法遮住娇黄的果子，它们一嘟噜一嘟噜地挂在枝头摇晃，如同孩子们禁也禁不住地嬉笑。不会爬树的孩子守在树下玩，等着来一阵风，熟透的杏子就会自己掉下来。每到这时，麦子也就黄了，辛苦了一年的大人就等着这几天。麦穗干刺刺的在热风中刷刷刷互相推搡，女人们心里喜滋滋的，嘴上一再地说："又到麦黄六月天，麦地热得像火炕，想起就愁！"说着就嘎嘎地笑起来。

眉叶的弟弟去年这会儿还没生下来，鼓鼓地撑在母亲的肚子里。母亲高高拱起的肚子一天天往下沉，老人们都说无论如何会生在麦子开镰前。母亲自打学会拿镰刀，第一次没有去六月天的麦地。母亲像等着父亲借钱回来一样在院子里转出转进地等着坐月子。眼看着水川地的麦子一块一块地割起来了，肚子却还是没有一点动静。第三天露水刚散，母亲就提起镰跟着父亲下地了。

“眉叶妈，这会了还去割麦？儿子不生了？”

“人等得，粮食等不得了，割完麦子消消缓缓再生。”

进了麦地，母亲左蹲右蹲也伏不下身子，父亲半蹲着拢过一镰麦秆用左手握住，刷一镰贴着地皮割断，刷，刷，刷，一会儿就割到了地头。母亲还在这一头干着急，父亲就对着她嘿嘿嘿地笑：“你就在那头等着，我这一趟割回来你码垛子。”母亲就挺着大肚子提麦捆。父亲割下的麦子像各自玩耍的孩子一样，东一个西一个地散落在麦茬地里，母亲一个一个地把它们叫回来。提了三天麦捆子就生下了弟弟。生下来就取了个名字叫忙生。

今年没人生孩子，原以为除了盼麦子黄盼杏子被风吹下来就没别的盼头了，后院废弃的土蜂窝里却孵出了一窝小啄木鸟，共三只。

“爸爸爸爸，敢看一眼吗？老的飞出去寻食了？”

“才出去了一只公的，母的还在窝里呢！”

“爸爸爸爸，敢看吗？毛短的一只飞出去寻食了！”

“母的出去了，公的还在窝里呢！”

“那到底啥时候公的母的才能一起飞出去呢？”

“小啄木鸟满月了！”

眉叶和妹妹就耐心地等着小啄木鸟满月。

“爸爸，啄木鸟今天满月了没？”

“没有。”

“爸爸，啄木鸟今天总满月了吧？”

“没有。”

问了几天，父亲终于答应去看看。眉叶姐妹俩伙同几个邻居小孩搬来木凳，要父亲踩上去看。土蜂窝是在黄土墙上掏的一个洞，洞口用泥坯堵起来，中间留一个指头粗的眼儿供蜂子进出，后来，不养土蜂了，蜂窝也就废弃了。这一对啄木鸟不知怎么发现了这处豪宅，就把风化了的方形土坯的一角啄得更大一点，成为它们的出入口，在蜂窝里安了家。

父亲小心翼翼地踩上木凳，一边哆嗦着慢慢直起腰来一边说：“老的可别在家啊，老的嘴可硬呀，你们都见过吧，村口那几十年的老柳树它‘卜卜卜’几下就啄一个洞啊，像你们这小脑袋瓜子，嫩得像薄皮瓜，它只要啄一尖嘴，保准从前脑门子啄到后脑勺子。所以啊，大人不在的时候你们一定不能到窝边来——哎呀呀呀呀……”父亲只瞧了一眼就从木凳上跳下来，孩子们也啊啊啊地叫着跑开了。

“不得了，一只老的在家啊！我只拿眼睛一瞧——那老的就瞪着眼睛盯我，要不是我跳得快呀，哔啾一下就啄瘪我的眼珠子了！”

“没有啊，我看见的两只一前一后飞出去的。”

“我们也看见了，飞出去在榆树上停着，对着窝叫了几声才飞走的。”

“哦，那一定是小啄木鸟的舅舅，它来看外甥啊。”

“就是的，我舅舅去年就来看我弟弟，看完就赶着回去割麦了。”眉叶的妹妹说。

看来要看小啄木鸟，只得等着啄木鸟舅舅回去。这舅舅又不急着割麦，到底啥时候才能看够它的外甥呢？

吃过午饭，父亲眯着眼在屋檐下打了个盹儿，就开始磨镰刀。母亲坐在阴凉里给小儿子喂奶，孩子吸着甜甜的奶水在父亲“萨兹萨兹”的磨镰声里渐渐睡熟了。母亲用嘴唇轻轻触一触孩子的额头，又长久地微笑着看他的脸。母亲看着，又撩起衣襟来，将几滴乳汁挤在孩子的脸颊上，天热的缘故吧，那里生出一小块干癣来。

日头偏过一些，父母收拾镰刀和水壶要去后湾割麦子，眉叶又得看护弟弟了。在这样的大暑天里，她更想喝一瓢凉水在杏树下弹玻璃珠。她告诉父亲，妹妹总是管不住小鸡，每次起风的时候，都是她把十二只小鸡一只一只捉进筐里，再把老母鸡抱进去捂住小鸡，添食添水也还是她做。父亲说，至少妹妹能帮她堵着小鸡不让它们乱跑。她又告诉母亲，弟弟总是在他们刚刚走出门去就醒过来，哇哇哭个不休。母亲说，她该把小伙伴们带到院外去玩，或者在院子里跳沙包的时候别笑得太大声。她又跑去跟父亲说，给弟弟喂盐水馒头的时候，他总会挥动小手把勺子打翻，或者在她抱着他的时候抓她的脸。父亲没有告诉她怎么办，父亲放下镰刀，用一只手按住她的肩膀说：“去看小啄木鸟怎么样？”

“真的啊！是真的吗？它们的舅舅走了吗？”

“走了，早上刚走。”

“小啄木鸟满月了吗？”

“嗯。”

“为什么弟弟满月要满满一个月，它们才要这么几天？”

“这个……因为它们长羽毛。”

透过泥坯中央那个指头粗的孔，眉叶看到了一个贫寒的世界。在一层薄薄的枯草和陈腐的树叶铺起来的窝里，三个生命紧紧地依偎在一起。它们紫红的皮肤穷酸地包裹着细弱的骨骼，黑灰色的绒毛稀稀拉拉，遮不住那丑陋皮肤的褶皱。它们脖子细长，一颗不大的脑袋上突着两只老人一般呆滞的眼睛。更让人感到心脏缩紧的是，一张大得失去了限制的嘴，那镶着一道宽阔黄边的嘴张开的时候，它的大半个脑袋都破开了。三个脑袋毫无规律地破开合上，破开合上，让人完全没法把细弱的叽——叽——叽的叫声和这大张着的嘴巴联系起来。

这是三个什么？

眉叶有意把眼睛挪开，看见几支黑白相间的美丽羽毛散落在枯草中，在透进土坯的光亮照不到的昏暗角落，那几支羽毛依然散发出迷人的光泽，那是她所熟悉的大树医生啄木鸟的光泽。叽——其中一只伸长脖子，尽力向眉叶探着脑袋，发抖着站了起来。它的细腿在抖，脑袋和脖子在抖，灰黑的软绒毛在抖，紫红的皱巴巴的皮肤在抖。啊——眉叶战栗着缩短了脖子，继而从父亲的怀里脱出来跑开了。当她重新回到阳光灿烂的富饶世界时，妹妹和几个孩子正排着队央求父亲抱他们看一眼小啄木鸟。

母亲倚着门框立在院门口，左肩挎着水壶，右臂弯里挂着两把用了多年的光滑的木把镰刀。镰刃反扣在镰头里的时候，它们不再是利器，它们顺从得近乎亲昵地挂在母亲的臂弯，像两段柔软干净的麻绳。她问眉叶："看到了吗？"

"看到了……"

"好看吗？"

"好……"

"真的？有多好看？"

"其实……也不怎么好看，不如大啄木鸟好看。其实……妈，会不会是鹌鹑的蛋在里面，老啄木鸟记错了……"

母亲走过来，揽住她的肩膀笑着说："不会的，就像我不会把邻居家的小孩当成你们一样。"眉叶笑笑，母亲说："小东西都是越长越好看，你们也一样。忙生今天睡着得早，没怎么吃奶，你一会儿喂他吃点盐水泡馒头。"眉叶点点头，想象自己也有过软的绒毛和紫红色的皱皮肤，不由得缩一下脖子。

风说起就起了。几个孩子头挨着头挤在一起看蚂蚁，全然不知头顶的太阳已经被乌青的云团裹起来了。它们把草叶插在蚁洞里，小蚂蚁毫不犹豫地爬上去，在草尖上左右为难地试探几次，又从另一边匆匆忙忙爬下去。同一条路的反面，它们的同伴正有条不紊地往上爬，可它们守口如瓶，一点儿消息也不泄漏。小男孩嘻嘻笑着说：“小蚂蚁真笨，它们准以为自己爬到后湾了。”同伴回应说：“它们一定这么想：这路怎么这么细，沿着这条路往前一定能到后湾。”有人不断地推移一粒馒头渣，引得蚂蚁们不停地往水洼边行进，另一伙则被一只死去的绿头苍蝇诱惑着，坚定地追踪它，丝毫不怀疑它们的猎物完全是在某种强大力量的掌控之中偶然地移动。即便眉叶怕吵醒弟弟不允许孩子们在院子里蹦跳，他们依然有办法玩得很开心。他们陶醉在各自虚构的世界里，近乎崇拜地体会着自己的力量，充分享受着随意摆弄对方命运的单纯的快乐。

风来到村庄的上空，它敷衍地掠过屋顶，绾住村庄里最高的几株树来回摇晃，也摇了眉叶家的杏树。当孩子们认识到风到来的时候，他们都想到了杏树。他们跑到树下寻觅掉在草丛里的果实，同时，无限惋惜地看着黄澄澄的杏子掉进猪圈的黑色污泥里。啪，啪啪。黑毛猪对这声音也格外关注，它哼哼着甩着细尾巴钻出窝来，鼻子里喷着臭气，从污泥里咬起杏子，嘎嘣一声连同杏核嚼碎。它每嘎嘣一下，孩子们就无比惋惜地咦一声，好像一时疏忽把亲妹妹嫁给了它。

风最后摇了几下就生气似的甩开了大树，又俯下身子卷起地上的树叶乱跑，没跑几步，杏子大的雨点就啪啪啪地砸下来，孩子们叫着往屋里跑。两个男孩子同风雨比赛似的又折回去抢了几颗杏子，雨点砸在头上像被人没轻没重地戳了几下。孩子们嗷嗷叫着跑到屋门口，眉叶急急地打着手势将他们驱赶出来，他们会意到不能吵到小弟弟，就攒在屋檐下分杏子吃，一边看着不知谁泼下来的这么多雨水。

“不知道后湾下雨没有？”

“当然下了，一定比村里还要大。后湾的雨一定像天那么大。”

“我家后湾的麦子长得跟房子一样高，麦穗像玉米棒子一样大。”

“吹牛！房子那么高的麦子怎么割？”

“不跟你说了，你不懂。”

“你才不懂呢，我爷爷好多年没回家了，奶奶说他去后湾了。”

“我爷爷说他以后也要去后湾。”

“你们知道什么呀，后湾有卖苹果的，还有西瓜。”

看不到风，雨水却扭动着直扑进屋檐下来，齐孩子们头顶高的窗台上都接满了雨水，他们一再地退避，最终还是越过门槛进到了屋里。老母鸡被雨淋到了，咕咕叫着，眉叶只得连同草筐将母鸡小鸡一同搬进屋里来。天空忽然破开一道弯弯曲曲的银亮的裂缝，紧接着一声闷雷，弟弟就哇的一声哭了。眉叶紧紧依偎在弟弟身边，徒劳地拍着他的小胸脯，还尽量模仿母亲的声音念叨着：“哦哦哦哦，我在我在，哦哦哦哦……”弟弟眼睛都不睁，只是竭尽全力地张大嘴巴哭个不休。

鸡棚塌的时候大雨已经过去了，否则，孩子们不会听到它倒塌时发出的那声闷响。像一个饿过头的人一样，它挺过了大雨，却在看见炊烟的时候一头栽倒了。随即公鸡夸张地叫喊着冲到院子中央来，后面跟着一群呆头呆脑的家眷。它们很快找到了可以避雨的屋檐，或夸张或低调地抖着浑身的雨水。眉叶的妹妹一二三四地数着鸡，左数右数总是少一只，邻居小男孩略显夸张地叫着，说肯定有一只被砸在鸡棚下了，他扮着大人的沉稳样儿说他要一个人去“现场”看看。眉叶知道妹妹忘了数草筐里和小鸡们卧在一起的芦花鸡，就故意不作声。再看看那芦花鸡，它竟也摆出一副知情者的模样静卧着，尽量不引起任何人的注意。

去查看“现场”的邻居男孩忽然大叫起来，眉叶心想这孩子装得真像，好像鸡真的被砸到了一样。妹妹他们自然被吸引了过去。很快就有人回来，向眉叶报告说啄木鸟的窝塌了。怎么会呢，土蜂窝在墙上，难道墙也塌了？眉叶去后院，才知道是鸡棚塌向了土蜂窝的这堵墙，棚顶的细椽不仅戳碎了蜂窝口的薄土坯，还捣掉了窝口附近的墙面。这个原本昏暗贫寒的世界现在完全暴露在光明之中，眉叶却觉得这一下它真成了世上最贫寒的所在。碎了的土坯盖住了枯草，那三个生命比以往更紧地挤在一起，细碎的黄土轻易地越过了黑灰色软绒毛的阻挠，落在它们松垮垮的皱皮肤上。突然降临的光明、黄土、冷风和雨水，让它们空前惊慌，像被噎住了一样伸长脖子嘶叫着：叽——叽——叽……三个丑陋的生命正在经历苦难，它们孱弱的腿脚在黄泥水中不安地战栗。

“得把它们抱进屋里，不然会死的！”男孩说。

“不行，这么脏——”眉叶顿了一下，又坚持说：“我的意思是，你把它们拿走了老啄木鸟能饶过你吗？它们会啄穿你的脑壳。”

孩子们的脸上浮云一般滑过各种表情。

弟弟大声哭起来，眉叶逃走了。

眉叶泡好盐水馒头，试试不烫了，才舀起大半勺盐水和一小片馒头触触弟弟的嘴，他对硬邦邦的勺子显然毫无兴趣，很不情愿地尝了尝就把头扭向一边，又抽抽搭搭地哭起来。眉叶只好故伎重演，用勺子将馒头片完全捣碎，再灌进奶瓶里。为了混淆弟弟的感觉，眉叶把弟弟横抱在怀里，让他的头紧贴着自己的胸口，这才将奶瓶喂给他。弟弟撒娇般地吭吭了几声，就衔住橡皮奶嘴吮吸起来，眉叶得意地笑了。

妹妹跳进屋里嚷道：“姐，他们说再不拿进来就死定了！”眉叶低头看着弟弟的脸，看见了他脸颊的那一小块干癣和头顶尚未褪尽的脏兮兮的胎痂，弟弟细黄的头发从干裂的梯田一样的胎痂里伸展出来。眉叶皱皱眉头，没有抬头，重重地回答妹妹说：“爱拿哪里拿哪里。”那语气在成人的世界里分明是否定的意思，可眉叶知道，妹妹转述的时候这语气会像一层透明的薄膜一样被无意地揭除。孩子们吵吵嚷嚷地进了屋，用一块破木板端着三个叽叽叫个不停的生命。他们一会儿把它们挪到小鸡们的草筐旁，一会儿又怕被母鸡啄到，挪到了炕角边。

弟弟很快厌倦了盐水的味道，左右扭动着脑袋躲避奶嘴，眉叶坚持了一下他就顺势大哭起来。弟弟确实是饿了，却只执着于此刻他不可能得到的奶水。他不知道奶水是一个人一生中最短暂的食物，在更漫长的时间里，人只能用盐、水和粮食喂养自己。

“忙生不哭，哥哥给你看小医生，小医生，小啄木鸟！”邻居男孩拿腔拿调地吸引弟弟的注意力。眉叶被弟弟哭闹得满头大汗，只得试探着给他穿上布鞋，把他放到地上去。和大家围着小啄木鸟蹲在一起，别的孩子齐声笑的时候弟弟也附和着笑几声，融入感多少抵御了些饥饿的侵袭吧，虽然睫毛上还挂满重重的泪珠，可总算止住了号哭。小鸟一边叫一边颤抖，孩子们认定是风雨的侵袭让它们冷透了，便决定生火给它们取暖。

邻居男孩从身后小鸡们的草筐里抓出一把麦秸段来，芦花鸡咕咕了几声表达不悦。小男孩把三只小鸟围着一小撮麦草段摆在木板的边缘，他圆乎乎的小手小心地抓起瘦鸟，宽厚得像一位温情的父亲。核桃大的一簇篝火燃起来，橙色的火苗矮矮地燃烧着，火光和热力让三只雏鸟惊恐地嘶叫起来，孩子们大声笑话它们的胆小，弟弟也赶紧笑起来，干干的假笑让他企图引起大家注意的目的暴露无遗。孩子们又笑起弟弟来，笑这个一岁小人儿与他的年龄不相匹配的小心思。邻居男孩沉稳地续着篝火，黑色的草灰在木板上一点点蓄积，温暖和充实在人和鸟的两个世界里一同延展。

一只小鸟猝然离开了木板。

一阵惊呼。

是弟弟，他毫无预兆地伸出手抓起离他最近的一只雏鸟。他怕它掉落，他粉白细嫩的手紧紧攥住它的脖子和肚腹，黑灰的绒毛像烟一样在他的指尖缠绕。

“啊！快放下！啊！啊！”孩子们全体惊叫起来，被擒获的鸟用尽所有的力气叫喊。

弟弟被两个世界的叫喊吓坏了，猛然间松开手大哭起来。小鸟端端正正落进了篝火。一定是火苗托住了它，孩子们似乎没有听见它从高处落下的任何一点声音。抢救出来的时候它背腹的绒毛都不在了，结成了一个个黑亮的小颗粒贴在皮肤上，而脖颈和尾部的绒毛显得突兀而又愤怒。篝火几乎被压灭了，只剩下指甲大的一小块呼应着其他两只雏鸟平静的鸣叫——叽，叽，叽。

眉叶奋力安抚着怀中号哭不止的弟弟，她一再吹他的手心，吹掉那黑灰肮脏的鸟毛，或者，还有根本不可能存在的麦草的黑灰，或者还有火苗留下的烧灼感。一切，与刚才的事故有关的一切。弟弟的哭声空前尖利，她坚信他一定是被吓坏了，他被吓丢了魂儿。眉叶左手揽紧弟弟，右手学着奶奶的样子不停地从地下捞起什么覆在弟弟的胸口，嘴里念着：“回来，回来……我娃回来吃饭哎回来喝汤哎……忙生回来，忙生回来……三魂七魄叫上身了没？叫上身了！再哎再哎不害怕了……”

孩子们痛心地看着小鸟，埋怨弟弟，又迁怒于妹妹，似乎只有这样才能给烧伤者一个安慰。听见弟弟痛苦的号哭，他们终于不再说什么了。

眉叶给奶瓶里兑了热水，试图喂给弟弟，可他吮了两下就绷直了腿反抗。他越饿越哭，越哭越饿。只要进到屋子里来，他就更哭得额头发青。妹妹带领大家翻箱倒柜地找烧伤膏，烧伤者颓然卧在木板上，以嘶叫为全部的目的，像一个完全放弃了站立希望的瘫痪者在控诉命运。另外两只不冷不热，也没有什么可控诉，它们只是持续不断地在唠叨自己的饥饿。一场暴雨落在了山川田野，落在了村庄，落在了大树，一场暴雨不知道自己落在了一对抢收夏麦的夫妻的头顶和一对出门觅食的啄木鸟的翅膀上，不知道自己落下了一场火灾，两只鸟和一个孩子的饥饿。

孩子们决定出门，他们决定走出门去解决两个世界的混乱。找到母亲给弟弟喂奶，找到父亲问他烧伤膏放在什么地方，或者恰好还能遇到会修房子的木匠和泥瓦匠，问问他们被鸡棚砸坏的啄木鸟的窝怎么修补。

“可是，我们出门会不会遇到老啄木鸟？它们的孩子不见了，它们会啄穿我们的脑袋。”

“我们戴帽子！”

他们找出了父亲从工程队带回来的安全帽，找出了已经过世的爷爷的狗皮帽，找出了叔叔从部队退役带回来的军用棉帽，找出了奶奶遮雨的大斗笠。在骤雨过后水汽升腾的村子里，一顶顶被人们遗忘的、落过灰尘的帽子在出村的路上匆忙地摇晃。

可是，孩子们没有一个人真正去过后湾，他们站在山脚的三岔路口感到了自己的愚蠢，像爬上草尖茫然四顾的小蚂蚁一样。他们戴紧帽子遮挡俯视他们的嘲笑的目光，他们刚刚用那样的目光俯视过黑色的小蚂蚁。孩子们只知道父母去后湾耕地的时候是天麻麻亮就走的，播种撒肥料的时候也是天麻麻亮就走的。后湾很远，他们没有一个人去过，他们只是吃过从后湾收回来的粮食。

除了被眉叶抱在怀里的弟弟，所有人的鞋和裤子都沾满了泥巴。他们看见一个扛着铁锹的健壮的男人从山上一步一步走下来，就迫不及待地围上去问他，去后湾那块地的路怎么走。

“后湾？后湾不是一块地。”他抬起右手向身后一画，说：“村子背后的这些山，都叫后湾。”

顺着他的右手，孩子们看到了层层叠叠、绵延不尽的青山。白色的雾气缠绕在天地之间，他们的眼睛第一次感到了疲惫。

2011.6.24

火 事

梁万元老婆和四个女儿在院子里洗面筋。

大乔二乔三乔天乔一人一个大铝盆，撸起袖子、撅着屁股揉洗水盆中的面团。面气儿慢慢融进水里，水浆越来越浓白时，面团就洗成了软兮兮能拉扯得很长却不断掉的生面筋，放笼屉里一蒸，就成了松软的面筋。

铁皮箍成的锣儿浮在一大锅水里，小儿子梁向龙蹲在灶下烧火。水滚沸起来时，两个铁锣儿咯逗逗咯逗逗地碰响着，梁向龙就把脸别向门外喊妈。梁万元老婆抓住两个盆耳嗯一声，把面水浆端进了厨房。她捏起油抹布在铁锣儿里擦了一圈，舀起一大勺面水浆，从外向里旋着圈儿倒进了锣儿里，又抓住锣耳旋了几圈，面水浆就匀匀地摊在了锣底儿上，起初还被沸水抖得起微波的面水浆很快便收住了。透过大团的水汽隐约看得见面水浆的白色渐渐褪去，现出了淡淡的姜黄，湿浓的面香味儿就慢慢地腾起来。

梁向龙撑开鼻孔，满鼻子满腔地吸着湿热的面香。

“瞎瞅啥呢——哑火咧！”

梁向龙忙蹲下，把两段腐树根塞进了土灶里，左手啪嗒啪嗒地紧拉着风箱。

“风箱不准停——右手拉杆左手填柴！”母亲朝他的屁股轻颠了一脚呵斥道。梁向龙只得把缩惯了的右肩送出去一些，垫着袖口攥住了风箱拉杆。

“哎——堵狗咻！”梁万元的四个女儿循声望去，见三个半大的小子在大门口张望。

“没狗，找谁？”小女儿天乔嫩声问道。二乔三乔先后吸溜一声，把险些掉下来的两股鼻涕吸了回去。

“哎，出来！”一个大点儿的小子壮着胆子问，“是梁万元梁老板家吗？”

“大姐，卖货去！”天乔学着母亲的声调指使大乔。

“可……可不卖货……”那小子顶着一头犯人一样的乱发，涨红了脸。

“可……可你要干啥呢？”天乔听他一口一个“可”，知道他们是山里人，就故意学他的土话。二乔三乔都笑起来，两个小一点儿的刺溜一下躲到大门背后去了。大小子回头呵斥他们，一边把手指插进乱发里抓挠着，脖子红得像要跟人吵架。他眼睛胡乱地看着别处，努了半天，终于说出一句话来：“梁老板收宝贝吗？”

说完他就闪身消失在大门外了。大乔甩着两只水萝卜一样的手，轻搓着被凉水泡起褶皱的指肚往门外走去。

“呀——”大乔不提防，被一只忽然展翅扑飞的大鸟吓了一跳，大鸟也惊着了，险些在慌乱中抓了大乔的脸。好在鸟爪上系着一根细尼龙绳儿，那顶着乱发的小子及时拉紧了绳子。

“干啥嘛你！”大乔脸红心跳，往鬓角抿着被鸟翅扇乱的碎发。那小子却憨笑着，得意地把一只巨大的鹰钩嘴白鸟抱在怀里，“没防着，吓了你。”白鸟在他怀里警惕地扭动着脑袋，又扑棱起翅膀，大乔吓得往后退，踩了二乔三乔的脚面，三个小子就哧哧地笑。白鸟被那小子抓住了爪子，张开的翅膀被他的肩膀别住合不拢，像是他的一对假翅。

“都说镇上的梁万元见啥宝贝都收，”那小子一手抓着白鸟的双爪，一手护住它的胸脯，把自己的脑袋搁在大鸟的翅根处对大乔说，“他要这鹁鸽鹄吗？”他说着把大鸟往前一推，鸟梗长脖子尖利地叫了一声，瞪着红眼睛把一对翅膀扑得起风。大乔不由得又往后退。

“便宜卖——我们自己捉的可！”另一个小子怕生人，却躲在同伴身后得意地说出了这话。

“不要！快捉走！”大乔瞪眼回道。

“可你等着我问我爸——”天乔板凳狗一样跑去问梁万元了，“爸——要鹁鸽鹄吗——你要鹁鸽鹄吗？浑身雪白的鹁鸽鹄——”

梁家门市部旁边有一棵老柳树，梁万元正把一只黑狗钉在树上剥皮。

木匠家这老狗在镇子上有十来年了，临死还给木匠挣了四十块钱：三十块是撞死它的司机赔的，十块是它死了以后梁万元卖它的。“木匠，我出十块钱，你也不用往后沟里埋了，我也省得再往出掏了。”木匠用被斧锯伤剩的三根残指捏着他递过来的十块钱，抖抖索索的。梁万元把死狗的左前腿和右后腿攥在一起拎起来，它就服服帖帖地弓成了一团。被撞破的狗头悬空望着天，下巴不见了，半截血舌头翘着，另有一只被挤压出来的眼珠流尽了房水，瘪瘪地贴在鼻梁上。有人小声嘀咕说，光一张狗皮就能卖十块钱的，还不说肉。

“谁这么日能——半个头的狗皮卖十块钱？给给给，我八块钱卖给你你挣两块钱的差价去！”梁万元扭过肥肉一垄一垄的脖子来对着人群嚷，他暴突的眼眶在这种时候总会显得更突。大家都噤了声。

梁万元裤裆吊了一尺长，甩着死狗回家去了。有人捅捅木匠让他埋掉算了，“他造孽，你也跟着造孽吗？”木匠却聋了一般自顾自地絮叨着：“它咋就跑汽车路上来了……咋就跑汽车路上来了。”木匠张着水兮兮迎风流泪的眼睛，看黑狗直戳戳指向空中的左后腿渐渐瞧不清了。血顺着狗脖子滴了一路。

脖子那里戳进去两枚大铁钉，黑狗被挂在了两抱粗的老柳树上。再把四肢贴着树干绕后背过去钉住，一只被剖开了腹部皮肉的老狗就熨帖地站在了梁万元的眼前。

“去他的，可惜了，脑子流光了！”

梁万元一手撕住切口，一手笔直地握着尖刀，从皮下的肉膜间把刀刃送进去。松松地游动手腕，尖刀就在青白的肉膜间畅快地行进，嘶——嘶——狗皮大片地离开了老狗的肉身。梁万元每剥开一片狗皮他的耳根就抽动一下，嘴唇抽搐着离开牙床，黏稠的唾液就被粘出一声轻响来。新裸露出来的青白肉膜紧紧包裹着淤血的肉体，透出温热的暗红。瘦老狗的后腿根终于露出一块相对肥厚的红肉来，梁万元响亮地咽了一口口水，喉结顶着他的肥脖子滑动了一个来回。

“奶奶的，死在冬日里才美哩，大补！”

顺着天乔的手指回望，梁万元就看见了那只大鸟。噌一声把尖刀扎在狗头旁，梁万元轻拍两下手掌，掌心的狗毛却一根也没有被拍下。他眯起眼睛，等着那三个小子走近。

梁万元先抓了它的嗉子，又捏胸脯，“哪儿捉的？”

三个孩子嘴张得像被点了穴，愣愣地盯着梁万元身后的柳树。他们从未见过一只这样站立的狗。

“嗨——”梁万元顺手把白鸟一推，撞了一下那小子的脸，“问你哪儿捉的？”

“啊……”小子叫一声，白鸟也警惕地嘶鸣一声，拍打它的翅膀。“啊——那啥……麦茬地里，它追得雀儿钻麦码子里了。”说完仍将目光越过梁万元的双肩，看那只狗。

“多少钱——问你多少钱！”

三个孩子一齐将目光收回来，相互看看。最大的那个咽一口唾沫，干着嗓子问："你买它……做啥？"

"你管我做啥！开个价儿。"

"嗯……"孩子清清嗓子，又咽一口唾沫，"一千。"

"去你的——"梁万元说着挥出巴掌，三个孩子齐往后退，"你家八辈子祖宗见过一千块是多大的钱不？一千，你还听过更大的数儿没？好好说！"

"就一千——听人说一只鹁鸽鸪在外头要卖两万块呢……"

"鸪你家先人，没瞧见它都长牛娃子大了吗？鹁鸽鸪就跟鸽子一般大。你这就是只鹞子。"

"鹞子眼睛不是血红的！"大小子肯定地说，两个小的也狠狠点头。

"咦！"梁万元说着一把拧住大小子的耳朵，小子丢开怀里的鸟，双手扳住梁万元的手。好在绳子还在另一个小子的手腕上系着。大小子被拧得咧嘴瞪眼，嗷嗷叫着答："你要养着看就一百，你要吃肉——就一千！嗷……你们镇子上人咋这样待人哩……"

"滚！"梁万元说着松了手，捎带着往他屁股上踹了一脚。两个小的比那大点的跑得还要快，白鸟也扑棱棱地飞起来，梁万元忙伸手捉，却只抓到翅膀，一只半尺长的翅羽被扯下来，鸟儿凄厉地叫了一声。大小子捂着血红的耳朵，牙缝儿里咝咝吸着气，跑出好远了才侧过头来要同伴看看他的耳朵裂断了没有。

“你撵上去问，十块钱卖不卖？”梁万元对小女儿吩咐。

天乔一股风地跑了，一会子又跑回来，喘着气汇报：“我撵，他们就跑；我喊话问说十块钱卖不卖，他们说不卖了，带回山里养着赶糜子田里的麻雀！”

“狗日的山里佬！”梁万元咯一口浓痰，从柳树上拔下刀子来继续剥狗皮。这一阵子绿头苍蝇很快就旋了一堆，有一只钻进皮肉的夹缝里，已经下了一撮白蛆。梁万元咒骂了一句，用刀尖一挑，蠢笨的绿头苍蝇和它新下的白蛆都被干净地挑掉了。

父亲没有留下大白鸟。天乔失望地捡起了地上的鸟毛，放在嘴边噗噗吹着走回去。院子里弟弟蹲在铝盆前病猫一样呜咽着，右手压在腿弯子下。他抱柴火时被水盆绊了一跤，一大抱柴火全丢进了面水浆盆里。三个姐姐捞着盆里的柴草，絮絮叨叨地骂着，母亲在厨房里一边拉风箱一边咒骂：“我上辈子做了啥歹，生下你这么个孽障！”天乔用手中的羽毛刮掉他腮帮子上的眼泪，“咋没叫鹁鸽鹄把你个瞎货叼了去！”梁向龙哽咽一声，扭头看。阳光直射着天乔手中那洁白的羽毛，继而又穿过羽毛射向他睫毛上细密的泪珠，它们的缤纷光芒交错在一起，耀眼夺目。这真是自由、神秘、凶残的鹁鸽鹄的羽毛吗？

“今儿早些回来收拾饭菜。”梁万元抠着眼屎对推起凉皮车要出门的老婆说。

“人都忙着割麦碾场呢，过了两点集市上就净得像狗舔过，想晚也晚不了。”老婆把两只长条凳横挑在车辕上，快出门了又回过头来压低嗓子问：“哎，你说能行吗？”

“我又不是杨老八，我咋晓得！”梁万元不耐烦地吼了一句，就掀帘子进了偏房，“还睡！几圈猪转世把瞌睡留给你了……你给老子睡——睡——睡——”只听得炕面和皮肉被打得啪啪响，梁向龙呜哇叫着光屁股从屋里跳了出来，慌乱地把脚往裤腿儿里伸，梁万元却已从屋里追了出来，把手里的笤帚横飞出去打在了儿子的瘦腿上。

梁向龙缩着右肩溜墙根儿走，却还是被看见了。

“哎哟，晴天大白日的，咋出来了一个秀才！”

“秀才要背书了，要升三年级了！”

梁向龙胳肢窝里紧紧夹着两本书，头也不抬地往前走。

“一根线——上兰州，秀才走在我前头……”

梁向龙本能地立住了脚，等着他们走过去。

“一根线——上固原，秀才走在我后面……哈哈哈哈……”

梁向龙绷着脸紧走了几步，和他们平齐了。这下看你们还有什么好说。

“一根线——上天水，秀才走在我一起！”

梁向龙也长着梁万元那样暴突的眼眶，而此刻那眼眶里慢慢蓄起了眼泪。他轻声说：“我爸买了一只鹁鸽鸽……会听话……啄人呢……”

“就吹吧，你爸才是个万元户，万元户就是有一万元，一只鹁鸽鸽得两三万呢！”

“是真的，你们不信算了……”梁向龙说着，一溜烟往山上跑了。他们在后面嗷嗷嗷地叫起来。

六月天的玉米地里好闷啊，丝丝片片的风只够玉米蘘子刷刷轻擦两下。梁向龙钻进玉米地最深处，坐在软乎乎温吞吞包了地膜的地垄上。

“小白兔——w——an——弯，弯着——y——ao——腰，腰在山 p——o——坡上割草，小白兔——弯——着——腰在山——坡——上割草……”小白兔的腰是哪一截呢，他见过奔跑的兔子、待宰的兔子以及剥光了皮、青白里透着粉红被丢在案板上的兔子，割草的小白兔弯的是哪一截腰呢？梁向龙想着就走了神，看地膜下忙叨叨不知要爬到哪里去的蚂蚁，又掐开玉米棒子的层层绿衣，验看棒子成熟了没有。终于看见一株没了棒子的玉米，他咔一脚踩倒，重新坐回来嚼那甜玉米秆儿。

“小山羊和小猫做朋友。小猫请小山羊吃鱼。小山羊说：‘谢谢你，我不吃鱼’……”小猫有鱼从来都是叼起就跑，干啥要请小山羊吃呢？梁向龙读了几句便读不下去，干脆扔开书，嚼玉米秆儿。四下里除了玉米，还是玉米，脚下是潮湿的黄土，梗起脖子望望，头顶是被玉米戳成豌豆皮大的小块小块的天。梁向龙长长地咽一口甜水，咂嘴赞一声，才发觉这里极静，听得见他舔牙的声音。闷闷的玉米地不知什么时候变成了一个活玉米编织的笼子，天的蓝、土的黄和玉米的绿把他之外的一切都隔在了笼子外。梁向龙试着出了几口长气，没有引来任何动静。

“梁向龙——”他叫了一声自己。

他侧耳听，没有回应。

“哎……干啥？”他答应了自己一句，就笑了。

接下来他不知道该跟自己聊点啥，就很响地嚼着玉米秆儿。一直嚼。这个笼子好大，好绿，就关着他一个。

“玉米，去你的！”

梁向龙把自己都吓了一跳，他还从来没这样出声地骂过谁。味道怪怪的，他狠狠咂着嘴里嚼碎的玉米秆儿，呸一声吐出来。

“语文课本，去你的！”

天聋地哑，一棵一棵的玉米又聋又哑。梁向龙高兴了。

“小白兔弯着腰在山坡上割草，去你的！三年级，去你的！大路上看我的人，去你的！六一儿童节的短袖衫去你的……”

梁向龙欢快地踢腾着双脚，像被人挠了胳肢窝一样嘎嘎嘎大笑着，一边笑一边骂，最后连自己的脚指甲都骂了就实在想不起来还有什么该骂的。他一喘一吸地慢慢止了笑，才发觉腮帮子发酸。原来笑久了这么难受，怪不得那帮孩子经常笑得要流眼泪要肚子疼。

“笑，去你的！”

原本止住了的笑又咕咕咕地响起来。

梁向龙解开纽扣，把日夜不脱的长袖褂子脱了。玉米秆低处的碎叶子刷着他的背，不知道从哪里来的凉风和暖风一齐包裹了他，头顶像打开了一扇窗子。他不由得一个激灵，舒服极了……

“嗯……去你的……”他把自己轻轻丢倒在地里，蔓草、地膜和黄土接住了他。他慢慢张开眼，看天，看地，看又聋又哑的玉米。然后，慢慢地抬起了右手。

从左到右：一二——三四五六；从右到左：一二三四——五六。分数多了是好的，钱多了是好的，偏偏手指头多了是不好的。梁向龙慢慢翻转着自己的手，看那一根指头。他无数次听人说过，有人是长在小拇指上的，那样他可以把小拇指一直蜷着；有人是跟大拇指并排的，那样他可以把大拇指蜷着——而他的长在大拇指上面，像是给大拇指加盖了个二层楼：先是在拇指根部长了一壁矮墙，然后又接着长了一层楼板。他试着用其余四指攥住拇指，它却还呆呆地向前戳着。用左手捏一捏，那矮墙和楼板衔接处的关节也还约略动得。

“你干啥偏就找上我？”

“找上谁谁都会这么问。”

“就算你一定要找上我，你长在脚上也行啊……”

“我没长你额头上脸蛋子上就够好了！”

梁向龙在心里没说得过这根指头。他轻轻一戳，把它戳进了地膜里，杂草吞没了它。梁向龙第一次看到了一只完美的右手，他的右手。

日头担山梁了，红得很。麦场上娃娃绕麦垛跑着叫嚷着，冷不防就迎面撞个鼻子流血乳牙掉，然后就爆出满腔子的号哭来，夹带着相互咒骂娘老子。有几家的麦垛还没封顶盖帽儿，男人站在垛顶上喊下面的人再丢几个麦捆子上来。梁向龙听着这热闹，寸着脚慢吞吞往家挪。刚跨进门槛，母亲的指头就戳烂西瓜一样戳到了他的脑门子上：“你个羞先人的，你不在家里好好背书还颠到山上去了，你耕书去了，还是种书去了？拢共不足好汉的眼皮子厚的两本本书，你念了几年了还是这么个光景——”梁向龙咬着下嘴唇把下巴抵在了胸口上，母亲还是戳点个不住，“我养一头老母猪两年都下多少只猪儿子了，你还在二年级蹲着，你还有没有个脸皮呢，穿开裆裤的都追上你了……”

“咳咳——麦子上场了没有？”

“哎呀——哥来咧！”梁向龙妈在围裙上蹭着两只泔水烘烘的手往门口迎，“向龙爸，杨家哥来咧！”梁万元应着从堂屋里出来：“老哥来咧！麦子上场了没有？”

“上了么，就等着碾了！你家呢？今年能打三千斤不？”

“哎呀，老哥说笑呢，我哪里种得出那么凶的庄稼来，快进屋进屋……”

“你净忙着跑生意了，看不上种田么……”

“生意没跑出来个眉目，地也撂荒了么……向龙，去门市部提烟酒去，给你杨家爸提两瓶陇南春，再拿两盒哈德门硬盒烟！”梁万元说着就从裤腰带上解钥匙。

“不不不……我又不是外国来宾，你糟蹋这贵烟贵酒的干啥！”杨老八背着手往堂屋里走。

“没啥没啥，自家的门市部自家的烟酒，不给自家的老哥吃喝给谁吃喝？快去！”

“嗨……我说你这是干啥呢……显生分！”

烟酒过半，饭菜凉透，杨老八重新点起一支烟说：“把向龙叫来。”

梁向龙在偏房听着肉片下锅，闻着菜香四溢，却只是缩在门后背课文。一心盼望着杨老八吃饱喝醉晕晕忽忽回家去，却终于还是听到了这声传唤，真像电影里包青天那一句“带人犯……”

两本书笏板一样恭敬地端在手上，梁向龙跨进堂屋门槛就立在了门边，腔子里有一只牛大的鼓敲得通通响。

“向龙，给你们杨老师背课文。”梁万元说完又对着杨老八，“这假期里天天背着呢，娃就是紧张，考试没考好。”

汗已经出了两层了，蜇得梁向龙眉心痒。却不敢动，只动了下鼻子。

“还不背，出什么怪相！”梁万元的呵斥像个火星子，梁向龙像挂鞭炮一样被点燃了，他不敢抬头，也顾不得想，只顾一口气往下背：

“三十三课要下雨了小白兔弯着腰在山坡上割草天气很闷小白兔直起身子伸伸腰……”像是在跑下山，又像是在嚼肉筋，终于背完了最后一句：“妈妈妈妈要下雨了哗哗哗大雨下起来了！”梁向龙喘一口气，汗珠子在脸上滚出了几道印子。

“好好好，我娃背得好！”梁万元喜得一脸肥肉软塌塌的，举起酒盅迎向杨老八，“喝酒喝酒，杨老哥！”

“唔……只能说是背得熟着哩，可是么——太快了，没有标点没有停顿没有感情，你再背一篇。”杨老八不看梁万元的脸，只迎着他的酒盅碰了一下。

“再背一个，按你杨老师安顿的背。”梁万元蛮有把握地望着儿子，“熟就是个好嘛，我娃再背它一个来。”

还背一篇！梁向龙这下真是慌了，低着头盯了小半晌的两只鞋面儿此刻翻滚着往眼前扑来。他伸手揩一下鼻头上的油汗，只想到了小山羊。“小山羊和小狗做朋友。小狗请小山羊吃……吃……吃青草，小山羊说谢谢你我不吃青草——”

“停——”杨老八交警一样伸出了手掌，像要推倒一面墙那样推回他的声音，“小山羊不吃青草？”

“羊不吃草吃啥？你那会天天给羊割草你忘了？狗吃骨头不吃草！”梁万元急了。

梁向龙冷汗一层热汗一层，赶紧纠正：“小山羊请小狗吃骨头，小狗说，谢谢你，我不吃——不吃——我……就……吃骨头……我不吃草……”

“停停——到底是谁请谁吃东西唻？你再想想，究竟谁请谁？”杨老八皱着眉头盯住他问。

梁向龙这下可真是什么也想不起来了，只知道是他爹梁万元请杨老八吃肉喝酒，说吃完喝完他背下来一篇课文，开学他就能升三年级。一篇课文像一堆抽了线的珠子，满脑子都是“我不吃，谢谢你。”可终究想不起来谁吃什么不吃什么了。父亲和杨老八一个像雷一个像电，梁向龙举起盾牌一样先发出了声音，至于背出的是什么他可管不了了：“小猫请小鸡吃鱼小鸡说谢谢你我不吃鱼——”

“够了够了，全乱套了嘛，小猫和小鸡吃啥跟小山羊有啥关系呢……行了行了……兄弟呀！”杨老八摆着手自己喝了一盅酒。“娃我清楚着呢。算术还凑合，语文是要写字的么。娃上课从来不出手，要么就用左手攥着个笔，犁地一样地画。你要给娃做思想工作哩，咱天生就是这么个手，别家娃叫咱老鹰爪哩鬼见愁哩让他叫嘛，咱又堵不了人家的嘴——”

“哇——”梁向龙的嗓子里扯出一声号哭来，怎么连杨老八都知道他的绰号了。

“你号啥？你还有脸号了？”梁万元咚一声跳下炕，甩出光脚板一脚把儿子踹出了堂屋。梁向龙被门槛绊了一下摔倒在门外，瞬间磕破了鼻子和嘴皮子，血水混着汗水口水眼泪鼻涕乱作一团，他使袖子一抹就成了个大花脸。梁万元老婆从厨房出来，惊呼着“我的儿……哪里来的血……”

荤菜热了一遍重又端上来。肉片没了形状，粉条烂得像脓疮。杨老八嗞一声咂完一盅酒，就拨捡出一片肉来，嚼着，说学校里的人事纠葛，说校长如何专权，不把他这个教导主任放在眼里。梁万元在自己的世界里哑着，几乎要打起瞌睡了。杨老八吃净了盘子里的瘦肉，继而又吃完了肥肉，忽然话锋一转，说他终究还是体恤乡邻的，“等开学了我就去找他说，他要是敢给我个头上戴袜子——脸上拉不下来，我就跟他翻上一回脸又能咋？！”梁万元忽然就惊醒了，齐并并倒了满满两盅酒端到杨老八鼻子下，又把一盅端回自己眼前：“哥——兄弟我……”梁万元喉咙里一咕噜，把满腔的酸水和一盅酒一起咽进了肚子。

“不是我今儿在老哥面前吹牛皮，我姓梁的是见了县长都不低头的人，我活了半辈子的硬气人，被我的儿戳到马下了……旁人还没见过一百块钱是啥颜色的时候，我就给内蒙古的羊毛贩子收羊毛；我种的黄芪党参都是往杭州一带卖的；飞鸽车子上海手表，我哪一样没有……我做生意没有给人耍过一两一钱的秤杆子，黄天亏人呐我一养一个女子，镇上人人说我老梁家要绝后了。狗日的……这些闲话我都知道。我一口气养了四个女子才养下一个儿子，却积修了这么一个孽障……”他的眉眶鼓棱棱的，又灌一口酒，咂着嘴闷悠悠地说，“人生在世，吃喝二字。”眼窝里竟很不相称地潮湿了。

山上山下的麦子收完了，大片小片的麦茬离过地皮不过寸把长，却整片整片地绷着黑黄的脸瞪着蓝天。土地像被剐尽了肥肉的骨架，贫瘠荒凉地撑在那里。犁头就要来了，翻耕起来的黄土会把倔强的杂草和遗弃的麦茬全部归零。不知道哪个山凸上有人漫起了花儿：“自打哥哥——嘛离家门，流水——的日子就没月了……”

就快开学了，也正要开始碾新麦了，孩子像烂麻绳一样穿在镇子里里外外的路上，嗷……一声穿过来，嗷……一声又穿过去。梁向龙在院子里的花圃边绕了几十圈，终于缩紧右肩，甩着空褡裢一样的袖子溜出了大门。梁万元收了一只砂枪打死的兔子，正钉在柳树上剥皮。几个孩子围着看，兴奋又惊恐地呼喊着。

“嗷——奶——奶都出来咧——”

“滚远！别挡着老子。”

“梁爸……梁爸——”总有贪图兔子尾巴而变得勇敢的孩子试图跟梁万元套近乎，“梁爸，这次的尾巴割下来给我行不？我想穿在我哥的摩托钥匙上……”

“滚远——防着母兔尾巴上的毛钻进你娃的眼窝子里！”

“我晓得呢，梁爸……！”

“啊哈哈哈哈……亏了你家先人的愣儿……这尾巴是你的了！”梁万元笑得嘴巴要扯裂了。

“嗷嗷嗷……这尾巴是老子的咧！”

梁向龙吸溜一下鼻涕，溜着墙根儿往另一条路上去了。

三个孩子挂在渠沟旁的老树上，还有几个翻起脸来朝上望，一个女孩儿锐声叫着：“不敢掏——那是火失燕斑的窝！我这就告队长去——”梁向龙听说是火失家家的窝，心里一惊，缩紧肩膀扑趿扑趿走过去，远远地站在渠畔。

吧唧，一只紫红色还没长出毛来的雏鸟掉在了地上。“摔死了！闪开，老子掏！”

吧唧，又掉下来一只。

"闪开，你两个一双吃屎长大的！"那孩子说着，把褂子脱下来，顺手把一只袖子绾了个死结，往一根手腕子粗的树枝上爬去。

"哥……小心闪断了……掉下来你娃连炒臊子的肉都留不下……"一伙孩子都被这样心疼哥哥的弟弟逗笑了，那哥哥却不笑，伸长手中的树枝捣弄着鸟窝。

四只雏鸟从孩子的袖管里被倒出来，它们挤在一起惊慌失措地叫着，叽——叽——

"啊呜……"小女孩哭着跑开了，"奶奶……完了，贼娃子们把火失家家的窝掏咧……"

两只火红的老鸟在孩子们头顶飞旋，啾——啾——激愤地叫着，和地上团在一起的四只雏鸟一呼一应。雏鸟得到呼应更声嘶力竭地叫起来，老鸟便不顾一切地俯冲下来。孩子们很少见到火失燕斑这种鸟离人这么近，几个小点儿的孩子像躲避火焰一样跑开了，剩下大点儿的三个迎着老鸟嗷嗷叫着挥舞手臂。几乎要和他们撞上时老鸟才又迅疾地飞起。一次营救失败了，火失燕斑又开始了第二次的靠近，孩子们却已看穿了它们的胆量，做出捉捕的架势来。它们当这是灾难，他们也知道他们正在制造灾难，但他们当这灾难是游戏。

几番徒劳的营救过后，老鸟放弃了这毫无意义的靠近，回到了空巢边。孩子们仰头看去，两只金红的火失燕斑并排站在树枝上，冷静得像猫头鹰。一声一声的鸣叫没有半点提及它们的孩子，而全是对准了他们的警告。啾——啾——两只火失燕斑完全颠覆了只在墙头轻点一脚就迅速蹿飞而去的作风，它们全然不吝惜自己的全身正被人类的目光包裹，只顾将一声一声火棍般的鸣叫抽打向孩子们的耳朵。

“火失家家要报仇了……”

“火失家家盯人呢，谁掏了它的儿子它认得呢！”两个没掏到活鸟的不约而同地推脱着，仿佛老鸟正在旁听一般。

“盯的就是你们两个！我掏活的总比你们掏死了的罪小么！”

孩子们争论着推诿着，最后终于替两只痛失儿女的火失燕斑做了决定：只要把剩下的四只养活，火失燕斑就不会复仇。接下来的问题是：由谁来抚养它们。几个眼神之后，他们就齐把头扭向一直站在渠畔的梁向龙，仿佛他长久的静默就为了在此刻隆重登场。梁向龙鼓楞楞的眉眶虚张声势地突着，不明白他的静默为何也能引起他们的注意。梁向龙隐隐地预感到这关注的不妙，却还未扭头跑开就已经被扭住了胳膊。他徒劳地挣扎着，地上的雏鸟代他叽叽叫着惊慌。

“拿回去养活——敢养不活，你娃就等着火失家家报仇吧！”

孩子们一边说着，一边捉起紫红的雏鸟往他衣兜里塞。

“啊……啊不……不敢拿……碰了火失家家失火呢……不……”梁向龙挣扎着捂紧自己的口袋，右手从常年漆黑的袖筒里赫然蹿了出来。

两只手的梁向龙首次展现出令孩子们惊讶的力量和顽固，他把衣袋和裤兜抓攥在一起、并死死蹲在地上不肯起来。“我家有一只鹁鸽鸪呢……我拿回去……就让鹁鸽鸪吃了……”

“骗谁呢梁六指，咋从没听你家鹁鸽鸪叫过一声？”

“真的……在我家草棚里关着哩……真的……”

“听他胡吹！”一个孩子说着，便扯起他的领口把一只没毛的雏鸟丢了进去。一声不吭的鸟儿温吞吞地掉进了梁向龙的“万丈深渊”，跌落到他的裤腰处时才抓挠着叽叽叫起来。梁向龙吓得魂飞魄散，呜哇叫喊着扯去了褂子，又慌乱地在裤腰处抓摸。小鸟坠入“十八层地狱”，终于从梁向龙的一只裤腿儿里掉了出来。他电击了似的蹦跳着，一脚踩在了那刚刚落回地面的鸟儿的身体上。

“啊——”

梁向龙的脚趾抠紧了鞋底，他虚虚地将脚提离地面，嘴唇哆嗦着四下里看看。

“啧——你完了——你竟敢当着老燕斑的面儿踩死它的儿子……”

“这下你鞋底上有燕斑儿子的血，你走到哪里它们都闻得出来！”

“哇……”梁向龙咧开嘴巴号哭起来，没有谁能改变他鞋底的血迹，也没有谁能阻挡火失燕斑的复仇。

“嗷哈哈哈哈……”几个大孩子从土坡上踢踢踏踏地跑下来，领跑的是他们牵在手里的一只猫狗样的小兽，“啊哈哈哈，他娘的，跑得像豹子一样快嘛……”

显见得那是一只从未被驯服过的野兽，它用四蹄的狂躁来表达脖子上这条细麻绳带给它的痛苦，而孩子们却把这理解为奔跑。

“这啥吗？不像猫不像狗……”

“这是老鼠精——老鼠祖太爷——看着没有，后背这些毛都红咯！”小兽四处奔突着，牵绳者手里甩着一根棍子，这牲口向后瞎跑时他就挡它。

“妈呀，这是老鼠吗？脑袋比猫的还大……这得狼狗大的一只猫才能捉住它吧！”

“放你的咸萝卜屁，你见过狼狗大的猫吗？”

“噢呀！我的妈呀——牵好你祖宗呀，你看它那样儿，能吃掉一个孩子呢！”小兽蹿跳得厉害，牵绳那孩子的胳膊快被它扯得脱臼了。

“你们打算让它咬死镇子上所有的猫呢，还是养在笼子里看着它成精？”

“哼哼哼，老子可没有那个耐心！”为首的一个用唾沫把齐整的头发硬生生分出来一个三七开，咧着水兮兮的嘴唇。他把始终没止住号哭的梁向龙揽在自己胸前，“兄弟，别哭了，你哭得哥哥凄惶的。”

梁向龙半推半就地把头靠在他瘦巴巴的胸膛上，接受着抚慰。却又迷惑这个次次刁难他的三七开今天为何如此慈悲。

“听哥说——别哭了行不行！”三七开的耐心很快就用尽了，

一掌将他从自己的胸口搡开，“你看你天天把个手缩在袖筒里，捂得跟大姑娘一样白……听我说——”他把几绺不坚守岗位的头发甩回去又用唾沫抿住，“回去把你爸摩托车里的汽油偷一瓶，油交到我手上我就让他们滚，然后再给你禳一禳灾星，两只火失燕斑不敢把你怎么样的。不然——我就把树上的窝捣下来，端着火失燕斑一家六口放到你家大门口。你选。”

“我……不敢偷油，我爸——”

“嗨！”三七开说着又提起一只叽叽叫着的雏鸟，在梁向龙的鼻尖上荡来荡去，“不敢——那你是敢生吃火失燕斑，是不是，哦？”

“哇……”梁向龙叫喊着跳出几步远，又被牵了回来。

父亲梁万元还在拾掇那只兔子。梁向龙溜进仓房慢慢拧开了摩托车的油箱盖子。

“哎哟……天哪……没养出来的兔儿子长得咋这么像老鼠，光溜溜的……”

梁向龙一个激灵，战战兢兢将拴了线的墨水瓶下进油箱里。

“哎呀妈呀，好瘆人呀！脸像鬼一样……”

舀满了汽油的墨水瓶磕碰着油箱口儿被提了出来。

“母兔死了，兔儿子是被憋死的吧？”

梁向龙看了看寂静的草棚，把天乔别在墙角的白色翎毛偷偷取下来别进了左袖筒里。他像往常一样缩紧右肩出了门，六根手指在昏暗的袖筒里紧攥着一瓶救命的汽油。

几根树杈将小兽死死戳在了背篓里，蜜水一样的汽油细细地浇在它的身上，它不安地叫着，狂躁徒劳地扭动。

“你还没给我禳灾星呢……”梁向龙看看树上站着的两只老火失燕斑，它们一动不动，静静等待着。三七开撅着屁股做细活，忘了这世上还有个梁向龙。

“啧啧啧，美得很，给老鼠祖先上了一层润发油么！”

“你还没给我禳灾星呢。”梁向龙扯一下三七开的后襟。三七开像老鼠祖先一样不耐烦地甩一下屁股，“禳个屁，滚！”

“你说了油交到你手上你就禳——你快禳了我就走。”梁向龙也急了，他甩甩袖筒露出半截羽毛，“看！我家鹁鸽鸪的毛——”他抬起手来眯着眼睛，迎向太阳看那羽毛，“鹁鸽鸪，会听人话，敢啄人的眼睛……”没有他预想的听众，三七开和他的属下吵嚷着商量接下来该怎么办，有人担心它会跳进水渠里。忽而有个小孩轻声问：“你拿一根鸡毛干啥？”

三七开被梁向龙纠缠得不耐烦了，提起脚来要踹踹他，却忽然收回脚，换上了嬉笑：“兄弟，哥这就给你禳！”他说着，把拴住小兽的那根细麻绳往梁向龙腿上绑，这下他想跑也来不及了。

“以火攻火懂吗？千年一遇的老鼠祖先是最好的禳礼，火失燕斑收了你这么贵重的禳礼自然不会再报复你——儿子们快按住梁六指——老子们费多大辛苦捉住的它，你晓得吗？没问你要工钱就够好了——妈的，敢踢老子，把鞋给我脱了——天灵灵地灵灵，各路神仙齐显灵，老子今日禳灾星——啊……你再敢咬我我敲掉你的牙信不信……”

小兽被交错的树杈戳住，梁向龙被交错的手臂戳住，他嘴唇哆嗦着，身体绷成一根棍子。一段细麻绳紧紧拴住了它的脖子和他的脚踝。他比它更像献祭的牺牲。

小兽被几十根火柴点燃了。随着它一声尖叫，交错的树杈和手臂同时释放了它们。小兽叫喊着左右奔突，继而蹿上了另一口牺牲颠簸的肩膀。它呼应着他的叫喊，又跃上他的脑袋，腾挪，继而猛虎般一跃而下。他和它相互拖扯，相撞，彼此仇恨，叫骂。它一再徒劳地跃上他的肩膀，又咆哮着跃回土地。它背上先前还万分惹眼的棕红色毛在此刻的火焰中黯然失色，火焰为他裹上了更为热烈鲜艳的、呼啦啦舞动的新装。它也把丝丝缕缕的新装赠予了另一口牺牲，他的头发、裤腿、肩头于是也跳跃起小朵的火焰。

两只静默的火失燕斑从高处俯视，看到一大一小两份禳礼在一截绳子的两端歌唱，舞蹈。它们长鸣一声，向着蓝天最蓝处蹿飞而去，像两朵清瘦的火苗。

拴在脖子上的细麻绳为小兽耀眼的新装滚了一道浅隐的领口，然后，就断开了，两口牺牲就此了断了一根绳子的拉扯。它变成了一团纯粹的火焰，凄厉叫喊着沿那条路蹿向深山，而路旁的水渠是一条追随它而去的水路。留下的这一个是簸箕里扬不出去的一粒瘪麦，他颠簸着，叫喊着，像扑打仇人一样扑打自己的头顶、鬓角、肩头和腿脚处的火苗，脚腕上系着半截死蛇样的细麻绳。

“我 ×……我烧死你们——”

“梁六指疯咧——快跑啊——”

整个世界眨眼间就只剩下他一个了。哦，不，还有两只没长出毛来的紫红色火失燕斑在叫，叽——叽。梁向龙一把抓起两只雏鸟，朝高筑在树枝上的鸟巢掷去。没中。它们穿过老树茂密的枝叶相继落地。

他像一枚烧焦的哑炮，带着溃败的焦煳味儿四处游荡。世界是一只阔大的笼子，关了一个裸着粉红色焦疤的他。这笼子是大得太过分了，他摸不到铁栏杆，也认不出、找不到仇敌。他只好扩散这种溃败，把自己能掌控的一切全都涂抹上这种溃败。比如草窝里的老母鸡，比如瘸腿的黄狗，他甚至没有放过一窝蚂蚁。他用火使它们溃败，老母鸡和黄狗叫嚷着散发出比他更浓重的焦煳味儿，而蚂蚁无声地收缩成了一粒粒黑亮的芝麻，他的舌头像牛舌一样搅拌着，用过大的力量嚼那些黑芝麻。

他奔跑在镇子的边缘，张着血红的双眼看灿烂的夕阳一点点坠入山口，像一枚蛋黄被磕进了铁锅里。整个镇子慢慢熄灭，唯有他的两只眼睛依然在燃烧。他擎着两柱眼睛的火光四处寻找可以陪伴眼睛的东西，他无法忍受它们寂寂无声独自燃烧。他的眉眶第一次获得了父亲的气质，终于看起来不那么虚张声势了。

火光冲天，熄灭的镇子重新亮起来了。人们趿拉着布鞋往麦场上跑，鸡飞狗跳，老人和孩子哭喊着，脸盆和铁桶丁零当啷地唱。当所有的人麻绳一样往外抽的时候，梁向龙是一枚往回倒扎的针。

他往门里闯时和父亲这枚顶针撞了一下："你个孽障还晓得回来！拿个能兜水的家当快走……这是哪个狗变的不想活了……"

"咣当"一声踢开虚掩的厨房门，他就一脚跌进了黑洞里。清凉。眼窝里两块火炭燃过了劲儿，浮起一层极薄的灰白色炭灰。他踢倒一只咸菜缸，又打翻了扣在案板上的铁马勺。挑翻母亲做凉皮的铁锣儿，就看到了父亲的一堆刀具。他哗啦一声从最底下抽出一把来，那是父亲剁牛排的大砍刀。

他把刀交给娴熟的左手，将右手侧贴在了案板上。砍刀落案的一刻，他的眼睛适应了黑暗。原来漫天的红光早已潭水一样地漫进了厨房。

将熄的眼睛把右手点燃了，他溃败焦煳的身体开始了真正的燃烧。他像小兽一样在厨房里跳蹿，碰撞，叫骂。循着红光他跳出了厨房，在院子里腾挪。火像笑一样让人疼痛。他把整个右臂栽进了母亲的水缸里，舒服的手臂呼喊着把整个身体都叫进了水缸。

天是黑蓝的宝石。纵然整个镇子的麦垛一起用力，还是无法融化它的一点点边角，不过是在它坚硬的黑蓝外抹了一层暗红的糖浆。梁向龙醒过来时已经忘记了一切，在很远很远的地方，有隐约的人声呼喊。他躺在院子里的水渍中，看眼前的房屋忽而熟悉忽而又陌生，渐渐扁成了一页书纸上的图画。厨房屋檐下挂着一只父亲拾掇干净的兔子。

从没有见过如此美丽的兔子。它砍断了足爪的前肢虚软地垂着，两条健美的后腿紧紧地绷着交叉在一起。它忘记了自己身后砂枪留下的斑驳创伤。这样的夜晚，它像灯光迷蒙的舞台上颔首欲舞的芭蕾女子。

“三十三课，要下雨了——小白兔，弯着腰，在山坡上，割草……”梁向龙有标点有停顿有感情地背诵这篇课文，“妈妈，妈妈，要下雨了！哗，哗，哗，大雨，下起来了……”

他用了漫长的时光把手举到眼前，看一只完美的右手撑举今晚的夜空。

“梁向龙——”他叫自己。

“哎。”他答应自己。

“你的手好了？”

“好了。”

“咋好的？”

“唔……我家鹁鸽鹄治好的。”他想了想，放心地答道，“治好了我的手，它就飞回山里去了。”

2012.9.6

米 子

若不是姥姥放任我独自吃完一大碟子咸萝卜干，我就不会喝那么多水，不喝那么多水，我就不会在上早操这会儿想尿尿了。白娴一边在心里埋怨着姥姥，一边假装将手放进衣兜里取暖，却在衣兜的掩护下，用两只手紧紧攥住裤腰带的结头。隔着衣兜，她也能清楚地摸到哪里是头儿哪里是结，只消将两个头儿轻轻一拉，这活结就轻松解开了——不能想不能想，现在可不能想这个，白娴努力地不去想解开这样的事，她主动地带自己去想想别的。

还没上学的时候母亲就教会了她系蝴蝶结。鞋带，纱巾，头绳，用得着蝴蝶结的地方多了，只有母亲这样心灵手巧的女人和自己这样心灵手巧的女儿，才能把蝴蝶结打得这么好看。她从来没有像那些笨女孩那样把鞋带和纱巾系成一个难看的死结，解不开时就踩住脚后跟将鞋脱下来，或者扯啊扯啊，将脖子上的丝巾扯松一些，然后像男人脱毛衣那样从头上脱下一个纱巾圈儿来。更不会像更多笨小孩儿那样因为裤带结成了死结而急得满脸通红哇哇大哭，最终还是把棉裤尿得热气腾腾——不能想不能想……可我真的快要憋不住了！白娴两只手抓紧裤腰，装装锻炼的样子深深弯下腰去，努力地收紧了小肚子。高年级的学生咋总也走不完呢，快点快点快点……

白娴刚试着直起腰来，就差一点尿出来了，她吓得赶紧蹲下。憋不住了憋不住了，蝴蝶结蝴蝶结，千万不能尿在棉裤上，那湿湿的两大坨冒着热气该有多难看，不能不能不能……白娴紧紧咬着嘴唇，一遍遍目测着从这里到厕所的距离，又看看那好像永远也走不完的高年级的队伍。这时候，她忽然发现了操场墙边离自己很近的一丛矮榆树，榆树下培着一个大大的用来围水的黄土圈。尿像吵架的泼妇一样火烧火燎地叫门，白娴实在憋不住了，终于半蹲着像鸭子那样溜到了榆树丛边。当走队的学生齐声唱起“太阳当空照，花儿对我笑”的时候，白娴顺利地拉开了蝴蝶结，对着黄土圈酣畅淋漓地尿了出来。热腾腾的尿嗞嗞叫着，有力地冲向黄土，热气和黄土一起升腾起来，黄土圈被冲开了一个小坑，小肚子里像忽然生出了一层小麻点，每一个都是一个舒服。白娴得意地盯准那小坑，试图把它冲得更深些。她想起小时候跟邻居家的男孩比谁尿得更远，那男孩子要赖，一边跑一边尿，她着急得拉着裤子像鸭子走路那样一边往前挪一边尿，可她还是输了。那男孩子的尿是一条细致的直线，而她的是条肥肥胖胖七扭八歪的死蚯蚓。白娴终于松了一口气，还好，没尿在棉裤上。她抬起头来再看时，一年级的队伍已经不见了，歌声也听不见了，有鼾声在耳边响着。白娴忽地就停住了尿，手指动了动，抠到了粗拉拉的床单布，鼾声更逼真地响起。白娴想了想，终于还是睁开眼睛，屋顶黑魆魆的椽和檩子就横在了眼睛里。侧侧头，看清了皱着眉头熟睡的父亲。

白娴知道自己尿炕了，尿在了说话结结巴巴的三妈家的北房炕上。可她还没尿完呢，在梦里就硬憋住了。她轻轻动了动，秋裤湿乎乎热腾腾的。白娴轻轻把手探下去摸摸小腹，知道自己已经把大半尿到炕上了。她想了想，头烂不在一斧头上，决定把剩下的一点点也尿完。这时候双腿却有些紧张，绷得有点酸，也不敢挪动。她看看父亲，下定决心一样把眼睛闭上，小心翼翼地不尿出呲呲的声音，把剩下的慢吞吞地尿了出来。屁股下的温暖在慢慢扩大，像是要把她托起来。这样平展展地躺着撒尿，还是头一回。她记起梦境里就想到过的那个邻居男孩儿，她想他可以站着尿，但肯定从没有醒着平展展地躺在炕上尿过。剩下的比预计得要多，白娴有些后悔这样做，但已经来不及了，只好一边后悔，一边慢慢地尿出来，却似乎比之前尿的那些还要多，这下她可更后悔了。

终于尿完了，白娴像干完一件大事一样让自己静静躺着舒展一下。炕烧得很热，白娴想，等父亲睡醒来，她一定已经把尿给焐干了，至多只留下一幅“地图”。就算三妈心细洗床单时能发现，可这一两天爷爷的三年祭忙完，她就回姥姥家了，发现了也想不起来是谁了。这些天，白家上下都在忙爷爷烧纸的事，亲戚孩子都是各家乱睡，谁也想不到聪明伶俐的七岁的白娴会尿炕。这样想着，白娴自己也觉得费解，这么大人了，怎么竟真的尿炕了。她伸手到屁股下面摸了摸，是极湿的一摊，又稍稍抬起屁股揪起贴覆着的湿秋裤抖了抖，被窝里便蹿上一股浓重的火炕味儿，自然还混着些别的味道。白娴不好意思地把被窝掖严实，老老实实地躺着，一心只想着快点焐干。

女孩子的尿还真是味道大呢，难怪大人们常把女孩儿叫“骚女子”。这里的方言把女子说成“米子”，所以女孩子常被唤作“骚米子”。要不是前面那个字儿，白娴倒觉得“米子”比“女子”更好听，嘴唇抿起来说“米子”的时候要比卷起舌头说一声“儿子”仔细得多。姥姥家隔壁那媳妇一连生了三个女儿，老婆婆隔三差五就盘腿坐在堂屋屋檐下骂：一只板凳四条腿，我看你个贱货啥时候才能养下个儿子呢！我赵家作了啥孽哟，娶回你这么个祸水，一脚跌进骚米子窖了，出来进去一堆骚烘烘的骚米子，头都骚破了……向红妈就在厨房里一边呜呜咽咽地哭着，一边烧着麦草烙饼子。大舅妈也怀上了，见天用杆子挑青杏儿吃，低处的吃完了就喊白娴爬树给她摘。白娴父母都是乡政府的职工，从小教育她站有站相，坐有坐相，好好学习天天向上，她哪里会爬树上墙呢。白娴便喊来向红帮忙，向红自然求之不得。她家虽有两棵杏树，但奶奶一年眼巴巴盼着它结了红彤彤的杏儿卖钱呢，她和妹妹偶尔偷嘴，只要被奶奶撞见定要给打个半死。白娴喊她上树摘杏儿，她便可以趁舅妈不注意顺便摘几个从衣领丢进去，有时候摘得多，白娴也会挑几个小点儿的当着舅妈的面儿给她。白娴到底是干部家的孩子，比农民家的大方多了，他们捡到一个杏核儿也是要捡回去攒着卖钱的，因为这样，向红经常和白娴一起玩。但她不喜欢白娴的大舅妈，她老是一只脚蹬着门槛指挥她爬东爬西地摘杏，还不停地打听她妈。向红，你奶奶最近还骂你妈不？你妈最近吃醋多，还是吃辣子多啊？你妈去年坐月子的时候你爸回来过没有？你家老三到底是送给你三姨家了，还是先寄放在她家？

六月的一个晚上下着大雨，大舅妈鬼哭狼嚎地喊叫了一个晚上，天亮的时候生了个骚米子。连着三个早上姥爷没熬罐罐茶喝。白娴倒没觉得有什么不好，大舅妈出了月子就进厨房做饭了，过不多久就下地干活了，也不再叫她白家骚米子了。姥姥在家照料牲口做家务的时候，她觉得更自在些。那时候迟杏正黄，大舅妈下地了，白娴就和向红守着杏树吃了个够。没几天，向红妈也坐月子了，起初两天她家大门一直紧闭着，白娴在大舅妈的指使下透过赵家大门板的缝往里瞧过，向红妈住的那间土坯房门紧闭着，窗户上遮了月白的旧帘子。再过了两天，隐约能听见婴儿细弱的哭声了。大舅妈那几日显得很焦躁，那天白娴一边帮着剥葱，一边听大舅妈跟姥姥说话儿。

“妈，向红她妈坐下了吧？”

“唔，许呢，许是坐下了。”

“咋鸦雀无声的？许是——养了个儿——子？”

“唉，许是个米子啊，向红她爸好像都没回来。唉，一只板凳四条腿，这是定数。”

“那咋还听不见老太婆骂呢？难不成又像老三一样送人？”

“唉，作孽啊……”姥姥端着葱皮子出去了。大舅妈一边揉面，一边絮叨着：“怕什么怕，我这不才头胎么，会做鞋的先做底子，会养娃的先养米子，怕啥嘛！”

又过了一天，赵家的大门才开了，向红奶奶出来进去地青着个脸。晚些时候，向红也溜出来了，坦言母亲又生了个骚米子。借着夜色，白娴和向红躲在墙根下小声地聊天，向红告诉白娴，过两天她舅舅家要来人，把月娃抱走。

“抱走了啥时候抱回来？”

“你个瓜米子，抱走就是要送人了，还抱回来干啥？”

“你妈舍得吗？”

“有啥舍不得的，个骚米子么。我妈这几天就总在哭，说她自己命苦。”

“那要送给谁家呀？”

“谁晓得，我舅托了好几道儿人。送人就不兴问人家那么多的。只说那家是个干部，他家女人不生养。我妈说干部家好，月娃有福了。”

白娴心里揪了一下，想，自己也是个米子，不知道父母有没有想过送人呢。又一想，或者自己正是被亲生父母送给了白家？

这样一想，小小的心就像被谁狠狠攥了一把。正想着，向红叹一口气说：

“我妈说月娃耳垂厚，是个有福人，到了这干部家一准享福。娴娴，你说我耳垂咋就这么薄呢，我要能到干部家多好，年年夏天都跟你一样有塑料凉鞋穿。”

白娴惊了一下，不知该怎么回答。月光下，她看了看向红的耳垂，看不清薄厚。她看看向红露了脚趾的布鞋，遗憾她比自己脚大，不然可以把去年的凉鞋偷出来送给她穿。

“向红，你长大以后养了米子，你咋办？”

“嗯——我要争气，我养一堆儿子。”

“万一呢？”

“万一……唉，我奶奶老骂我妈，说我妈种不好，因为我姥姥就养了好几个米子才养了我舅——娴娴那我完了，我肯定也跟了我妈的种！老天爷，我可完了……”

这时向红奶奶尖声叫起来：

“向红子——咋去了？”

“噢——尿尿着呢。”向红应着，站起来拍拍屁股上的土。娴娴我回去了，这话你不敢跟旁人说，旁人知道了我奶奶会用纳鞋底的麻叶绳子把我的嘴缝起来的！

“向红子——”

“噢，回来咧！”

“使唤你柳树精干个活，你不是屙就是尿，真格是懒驴上磨屎尿多！”

“个骚米子，咋那么多尿水，害我老洗尿布子，个骚米子，当自己尿油，还是尿蜜呢。”向红低声抱怨着闪进门去，轻轻关上了大门。白娴摸摸自己的耳垂，也不知算薄，还是算厚。看着脚下短短的影子，她忽然很想母亲。都记不清有多久没有见过母亲了。

白娴走回姥姥家去，听得赵家月娃的哭声，细细的，像是很胆小，连哭都试探着。白娴想，向红妈不是说这月娃福气大嘛，怎么哭起来这么小声，难道她也知道自己是个米子，不该过于多事么。唉，要是向红长大养了米子没送人，我就每年给她家米子买一双凉鞋穿。

过了两日，竟再也听不到婴儿哭了。赵家的大门完全敞开着，向红和妹妹又像以前那样随意地跳出跳进了。向红奶奶一边绞着辘轳，一边跟姥姥聊天，说什么四六风。姥姥就惊呼，说真是作孽呢，这大红的太阳，怎么就出四六风呢。

门儿窗儿都捂得严实，炕也填得火烫。咦，谁知道呢，谎花儿的命，炕眼洞子里的货，天爷的意思。

咦，作孽呀！她赵家奶奶，你给向红妈多说点好话，月子里可哭不得，哭了眼睛就坏了。

我晓得呢。她婶婶，你过来过来……悄悄说个让人骂的话，横竖是个骚米子，养大了也是别人家的人。天爷的意思，有啥法子呢。一捆胡麻柴，半年不掏炕洞，啥都没了……

白娴虽然知道月娃送人了，可每次看见人掏炕灰她还是害怕，生怕一灰锄勾出啥黑漆麻乌的东西来。她知道早夭的婴儿多半是进了炕洞，不然就是丢在了河滩里。三妈家的炕也烧得很热，白娴不由得乱想，屁股蛋儿上的肉都缩紧了。继而想起三妈是连连生儿子的，遂又放下心来。父亲的呼噜打得真响，一口气吸进去了半天出不来，急得白娴暗暗地帮他使劲，好一会儿了，父亲的嗓子里忽然咕噜一声，才慢慢吹出一口气来。白娴听得有些想笑，又赶紧蒙起被子来捂紧嘴巴，生怕吵醒了他。

白娴摸了摸屁股下的“河”，这会儿虽不是“河”了，但绝对算得是“泥塘”，离干还远着呢，好生焐着吧。白娴把手抽上来，忍不住竟放在鼻子前嗅嗅，咦，真难闻！她红着脸赶紧捂严被子。难怪姥爷从庙里给母亲求回来的神药要用儿子娃的尿做药引子，要用了米子的尿，那骚得能咽下去吗？想起母亲，白娴心里一阵难过。不知道母亲病得怎么样了，怎么总也没人说起母亲的病。

白娴的父母都在乡政府工作，不是开会，就是下队，还要住队，就是住在一个村里搞计划生育。白娴挺希望父母到姥姥家村上住队，可一次也没派去过，说是什么本村回避。李歪嘴——最早是村上的农民这么叫，后来乡政府的人也这么叫，白娴当着面叫他李叔叔，背后也叫李歪嘴——李歪嘴的计划生育工作搞得最好，升了个组长。他经常用大黄牙水兮兮地咬着一根烟，批评白娴的父母工作不力，下队去村里啥话不说，光是闷葫芦坐在那里。

白娴和向红她们过家家时常扮闲话女人赶集，只要她问向红：他婶婶，你拉架子车干啥去，向红多半拖着哭腔回答：我家儿媳妇结扎了，我去卫生院拉儿媳妇呢。说完几个人都呱呱呱地笑起来，也不知道在笑什么，直笑到肚子疼还止不住。后来把一个男娃拉来过家家，让他佝偻着身子按住肚皮扮结扎了的儿子。可没来几次就不来了，说他老子骂他是个混账，再来就打断他的腿呢。向红她们觉得这个老子太小气，不来就不来，她们还有别的说辞，什么寻了个私人偷偷取环呀，买红糖伺候月子呀，粜两袋麦子买化肥呀，反正就是这些成天听熟了的话。

虽说是热炕，可焐久了还是湿潮得难受，像光屁股坐在了麦芒上似的又扎又痒。白娴就想起戏里唱的《三娘教子》，她把两只手在被窝里曲成兰花指，在心里默唱着，你小奴才一尿一大摊……白娴心说这三娘真是个难得的后娘，湿处一直焐着可真难受得很。这下又想起自己的母亲来，禁不住鼻子酸溜溜的。从记事起，最依恋的就是母亲和姥姥。天擦黑的时候，母亲总是一边洗锅，一边跟她对儿歌，她看着母亲蘸了水的抹布从铁锅上抹过一圈，水就顺着铁锅不平滑的纹路重又流回锅底；母亲织毛衣，她趴在母亲的背上看，记住了元宝针和渔网针的花纹；母亲出门倒垃圾，她就用一只手拽着母亲的后衣襟絮絮叨叨地要牛奶糖，一边慌着躲避脚下的蚂蚁。而父亲……父亲，那是一个不会笑的黑脸男人，鼻子上搁着架近视眼镜，眉头总是扭在一起。他特别高大，特别特别高大，以至于她每次都要仰起头来才能看见他的黑脸。她害怕他非常偶然的拥抱，被他抱起来时的高度让她感到头晕目眩，那厚厚的眼镜片将他和她远远地隔开，那黑脸更是硬而凉的。她曾经无数次站在一旁，看着父亲将邻居家的小男孩抱在怀里，逗得那孩子嘎嘎嘎大笑不止，她深信那男孩子的皮肤比她的厚很多，所以并不能感觉到那凉硬的黑脸多么地使人感到不悦。有一次，她跟着父亲上街，父亲只是一味地往前走，她努力地跟紧他，走掉了一只鞋也没敢吱声，后来实在跟不上了，才鼓起勇气拽住了他的一点点后衣襟，没走几步，“父亲”回过头来看她，这才发现拽住的并不是父亲而是另一个陌生人，他没有父亲那么高大，但同样是一张不笑的黑脸。

父亲。只有母亲不在的时候，白娴才会去面对父亲，那时候屋子会变得宽宽大大的，充满了干燥呛鼻的烟丝味儿。她一边看着父亲，一边焦急地等待着母亲的归来，等待着母亲把父亲变大的屋子重新变回小小糯糯的、甜丝丝的一团。而这次，都不知道过了多久了，母亲却还没有回来。等待从焦急变成了无望，她觉得母亲这次一定无能为力了。太久了，就算她现在立刻回来，也没法把屋子再变回以前那么香糯了，屋子已经完全被父亲冷透了。

母亲不在，父亲也很少在屋子里待。他总是在放映员的屋子里打牌，喝茶，或闷头抽烟。有时候也会跟白娴说话，不过每次都是那老一套：

“娴娴，要是有人问你你妈咋不上班了，你咋说？”

“我妈害病了，胸膜炎。”

“那你爸咋不去医院看呢？”

“有我姑姑看着呢，我爸还要给我做饭呢，我要上学呢。”

白娴熟稔而又认真地跟父亲对着话，父亲有时候会换个问题，但白娴每次都能绕回一个结论：母亲病了，父亲要照顾我。父亲很满意地用大手按按白娴的头，然后就去放映员的屋子打牌抽烟了。一次白娴有些厌烦，便问道，我妈在哪个医院住院呢？父亲说，有人问你就说你没记住，或者随便说一个远处的医院。反正别说柳家河就行。

“说了就咋了？”

“说了别人就知道你妈在柳家河藏着呢，就不得了了！”

“啊？我妈在柳家河我四姨家藏着呢？！我说咋这么久你不带我去四姨家——嗯唔……”

白娴的嘴被父亲的大手严严地捂住，她惊得瞪大了眼睛，父亲也瞪大了眼睛看看窗户。

白娴将父亲的手扳开，很机警地向父亲点头眨眼，示意她知道不能大声。她爬上父亲的腿，不顾他硬刺刺的胡子伏在他的耳边，尽量控制着心中的狂喜，轻声问道：“爸爸，我妈真在柳家河四姨家吗？我们天亮了就去看她吧，好不好？”父亲轻轻拍着她的后背，她的脸贴住他冰凉的眼镜架等待着一个答案，直到她等得不能再等了，父亲才说，怎么会呢，你妈住院了，在很远的一个大城市的医院里。

白娴失望地从父亲的腿上滑下来，重新回到桌边写作业。父亲无声地坐了一会儿，出去了。

正赶上停电，白娴在蜡烛下百无聊赖地做练习册，应用题咋那么难，她完全不知道该加，还是该减，就用铅笔不停地戳蜡芯。在嘴里含过的铅笔蘸了蜡油，近了烛火就毕毕剥剥地燃起来。白娴慌着吹笔尖，却连蜡烛一起吹灭了。

光明是一小撮面粉，就这样被她吹散了。整间屋子像一个断了气的人，黑沉沉地静默着，白娴的呼吸也一同被突然降临的黑暗压覆到了地底下。已经吐出的半口气久久凝固在唇边，她不敢再吐，也不敢吸。不知过了多久，她试探着轻轻叫了一声，爸爸。满屋里漆黑的小耳朵都听到了这一声叫，却又都静默着，暂时并不打算干涉似的。她试着提高声音又叫了一声，爸爸！小耳朵们似乎耸动了一下，屋里却亮起来一些，漆黑的小耳朵变成了棕红色的小耳朵。这让她想起野猫的耳朵、狼的耳朵、豹子的耳朵、野狐子的耳朵、毛野人的耳朵……白娴大哭起来，边哭边大声地喊爸爸爸爸。她声嘶力竭，用大哭这唯一的武器保护自己，搏击黑暗。她希望这尖利的哭声能够刺穿好几栋房子的墙壁，刺透放映员的门窗，钻到父亲的耳朵里去。她将头微微侧过来对着后墙，以减少它们穿刺的难度。爸爸爸爸，爸爸多么重要，此刻除了爸爸还能有什么更好的呢？

她哭得满头大汗，哭得嗓子发甜。父亲没有来，父亲听不见的。屋子里漆黑的铁块被尖利的哭声砍得火花四溅。她哭累了。她想停下来，却又找不到理由，这样没有缘由地停下来，好像很不好意思。她满身的汗潮乎乎的，又硬撑着哭了一会儿，忽然就想起号丧的女人来，她们总是唱戏一样边哭边说，好像永远不会停歇，也永远不会累似的。她想起以前看戏时问母亲，戏子都哭了为什么还唱，不是高兴了才唱吗？母亲说，愁到不能再愁的时候，人就想唱不想哭了。白娴也想哭诉些什么，可又实在想不起什么来，只是想起了母亲，就哭诉起母亲来。我妈住院了……我妈病了我妈得了胸膜炎……像真有一个人听着那样，白娴努力把事情说得清楚明白些。我想我妈……我妈一个人我也一个人……哭到这里，白娴忽然很难过，一股酸酸的浪头从心底里涌起来，她顾不得诉说只是大哭起来……

想起这些，白娴就侧过头来看父亲。摘掉眼镜的父亲，鬓角有一条眼镜腿儿留下的白痕。这一张皱着眉头熟睡的脸让她感到陌生又依恋。她回想起父亲昨天在坟地里痛哭流涕的样子。

提起这事就让人来气，大爹和父亲有孝帽就不说了，他们是大人，可堂弟竟然也有一顶。虽说不像大人的那样缀满了白色的小绒球，可也是有模有样儿的一顶帽子，白娴却只分得了指头宽的一条白布。堂弟戴上那帽子像电视里的皇帝一样摇头晃脑，惹得不少大人看他，还亲昵地捏他的脏脸。白娴不肯把那条白布绑在头上，她想要的是帽子。爷爷，也给我一顶那样的帽子吧，她乖巧地仰头对发帽子的那个爷爷说。戴好戴好，都齐了吧？戴好了就上坟院走。白娴怕这爷爷走了，忙牵住他的手说，我也要一顶那样的帽子！这爷爷被扯住了，才低下头来看白娴。爷爷我也要一顶那样的帽子，白娴又说道。

“你没帽子！”

“为啥我没帽子？”

“你不是孙子！”

“我咋不是孙子，我又不是送人的。”白娴这样说着，心里忽然有些虚。

“骚米子没孝帽！孝戴好！走了走了，都快出门！”他夺过她手里捏着的一条白布，粗手笨脚地勒紧绑在她的头上，扯疼了她的小辫子。白娴“哇”一声哭出来。穿了白孝衫戴了白孝帽的父亲走过来，胡乱地抹着她脸上的泪水厉声问道，咋了？有事就说，哭啥哭，不懂事——悄着！堂弟得意地凑过来说，骚米子就是狗尿多，还没到坟院呢就哭。白娴甩开父亲的手，躲在屋檐下对着墙抽泣，一脚一脚地踢着黑乎乎的炕眼洞，我也叫爷爷的，凭啥我不是孙子？要真是送人的，谁让你们当初答应要我；就算是亲生的，嫌我是女儿咋不早点塞进炕洞里，这会儿嫌我是女儿，早知道这样，还不如当初就被你们塞进炕洞里……想到一个小小的自已哇哇哭着被塞进炕洞里，白娴的眼泪哗哗地涌出来。儿子有啥了不起，除了会站着撒尿，就会像土匪一样乱跑乱叫，我穿着裙子也能站着尿，乱跑乱叫谁不会啦。炕眼洞熏得油津津个黑，白娴踢上去一点儿痕迹都留不下。她手里扯着那条讨厌的破布，直扯得那布条四边的线都散开了，才随手系成一个丑丑的蝴蝶结。她用那丑蝴蝶结抹一下眼泪鼻涕就塞进了裤兜里，破烂布，不稀罕戴你，拿你擦鼻涕。

父亲和大爹弟兄俩跪在爷爷的坟前，起初他还配合着大爹烧纸钱，后来就只顾着痛哭，大爹一个人烧得手忙脚乱，膝盖下跪着的一沓纸钱都被风点起来。戴着孝帽得意洋洋的堂弟跪在最前排，白娴和一帮远房亲戚被安排跪在最后面，她也跟着他们低头呜呜啦啦地伴哭。父亲越哭声音越大了，父亲的哭声像一只不听话的羊，疯疯癫癫跑到了最前面，把一群呜呜啦啦的听话的羊丢在了后面。白娴忍不住偷偷抬头看父亲，见他几乎要倒伏在土地里一样剧烈地耸动着身体。父亲哭的声音很难听，几乎要听不出来是父亲的声音了。白娴的脸一下子发烫起来，父亲当着这么多人发出这么难听的哭声，真是一件丢人的事。可父亲耸动的身体像是很痛苦，过一会儿就喊一句："儿……的日子……咦咦咦……咋过呀！"白娴忽然被这话引得莫名地难过，竟跟着父亲大声地哭起来。她不知道父亲这是怎么了，母亲已经不在了，他却又这样，不像平日里的他，我可怎么办呢。她很想跟着父亲哭一句："妈你到底在哪里呢"，可终究哽在嗓子里没好意思喊出来，她不想像父亲那样丢人，只是放开嗓子大声地哭着，眼泪也扑簌簌地滚落下来。白娴哭着哭着觉得自己的声音是一只小羊，像小时候在集市上跟丢了父亲那次一样，这小羊穿过无数呜呜啦啦的大羊，踉踉跄跄地追赶着跑到很远处的父亲的大羊。

想来想去，尽是些不开心的事，白娴努力地搜寻了好一会儿，还是想不出来什么开心的事。热烘烘的潮湿蜇着屁股，更让她烦躁得躺不住了。父亲像还要再睡一整夜似的。没准他要一直睡到午饭后呢，那会儿我的尿早干了吧。她又伸手去摸摸，倒不是很湿了，可还是潮乎乎的，秋裤像完全和屁股长在了一起，紧紧地粘着皮肉。不然我还是起床吧，我不在上面捂着可能干得更快呢。

临出门前，她把被子掀开来晾着，想那“河”会干得更快一些，掀开了才看见那竟是圆圆的一个圈，像擀好的一张面——哦，不对不对，面是吃的，不能说是面，那像……像一个大肚婆的肚子！咦，要真是个大肚婆的肚子，那怀的该是个儿子呢，还是个米子啊？她这样想着，穿好了母亲去年做得有点夹脚了的棉鞋，鞋带系了两个蝴蝶结。木门嘎——吱一声响，父亲随着向白娴睡的那边翻了个身，把大肚婆的肚子捂在了棉被下。白娴慌得闪身跳出来，生怕父亲醒过来。

太阳冒花子，冻死一家子。深冬季节，日头刚出来这会儿是最冷的。昨夜在大门口烧过的纸钱早已被吹散了，只在墙根下零散地留了些灰烬，像给墙根勾了一条断断续续的铅笔线。白娴在几个叔叔家共用的门场上站了会儿，也不知道该往哪家去，她想先洗洗脸，还想吃点馍。爷爷的牌位在大爹家，这几天亲戚们吃饭也都是在这里，白娴就顺脚进了大门。堂屋的烟筒里冒着青烟，几个大人嗡嗡地说着话，想必是大人们在喝茶议事，小孩子也不便进去，见厨房门虚掩着，便推门进去了。找不到暖壶在哪里，白娴只好掠开冰碴子，从缸里舀出一瓢冷水来，学着姥姥的样子，含一口水又吐进手心里洗手、搓脸，水很冷，含了几口牙齿和舌头都麻了。也没有什么可擦脸，白娴不得不撩起厨房门帘不那么油污的一角沾了沾脸。心想还是在姥姥家好，她只要一睁眼就嚷着要吃要喝，姥姥会端来一点咸菜，一块玉米面或者白面的饼子，再倒一杯热水，她就偎在被窝里享用完了才穿衣下炕。大爹家的厨房里乱哄哄的，好几摞碗叠在锅台上没洗，案板下除了一筐土兮兮的洋芋用麻袋苫着，别的什么也没有。只在锅盖下扣着的搪瓷盆里找到了一盆焯过水的白萝卜片，冻成了硬邦邦的一块冰坨。白娴试着抠下来几片冻得翘起来的萝卜片，丢进嘴里像吃冰碴子一样嚼得嗑噌噌响，咽下去在嗓子里凉了一道。夏天时，她这样咽过冰棍，还一边用手在脖子上画着路线图，告诉姥姥冰棍现在咽到哪里了。白娴退出厨房，在堂屋的台子下站了会儿，听起来里面好像有五六个男人，不过说的都是她不爱听的些没意思的话。有个男人喀喀地咳着，就撩起帘子走出来，侧过头呸地往墙根射出一口浓痰。白娴大大方方地空跳了两下跳皮筋的花样，装作一直在那里玩的样子。她从眼角瞅见那男人好像并没有看她，径直蹩回堂屋去了。

热炕的余温散尽了，湿秋裤凉飕飕的，一迈步就贴上来凉一次。早知道还不如在炕上焐着，躺着不起来也不会觉得那么饿。堂屋里的人正在熬罐罐茶，炉盘上一定有大馒头烤得又黄又脆呢，白娴这么想着就很想进去，正巧门帘又一掀，是大爹出来了。娴娴，拾些劈柴来炖茶——你晓得劈柴在哪里不？晓得哦大爹！白娴应声就跑去拾柴了。她向来乖巧，又知道抱了柴就能理所当然地进堂屋，就更麻利了。白娴把劈柴齐垛垛摞在炉子旁，还给炉膛里塞进两根，又小心地磕磕茶罐，不让茶水溢出来。大爹看她能炖茶，就让她守着炉子自己去卷旱烟了。白娴心中暗喜，终于可以烤烤湿裤子了。

白娴低垂着眉眼仔细熬茶，填柴掏灰尽量不发出声响。熬好一罐茶就碎碎地挪着脚轻轻端到炕边，看炕桌上哪个盅子浅了，就用双手恭敬地添进去，竟连一点儿也没洒到炕桌上。茶七酒八茶七酒八，白娴心里念着，不能满也不能浅。

这是——老二家的碎崽娃?

哦，叫个娴娴，大爹说，娴娴，叫舅爷，这是你二舅爷。白娴就抬眼看着那人的脸，收回茶罐来甜甜地叫了声二舅爷，又学着母亲干练的声调说，二舅爷你喝茶。见是刚才吐痰的那个男人，白娴心说这么年轻就给人当舅爷，真不害臊，叫个舅爸都够便宜他了。

老二咋给娃起这名儿，啥闲啊忙啊的。娴——娴，听着像嫌弃，猪嫌狗不爱，这起的啥名字么，老老实实叫个招弟引弟来兄托儿，没准事情早成了。

嗨，名字么……白家……往上推三代你数数看，哪个老二家的顺顺遂遂养下个儿子了？哪一代老二家不是又请阴阳禳又东奔西跑地烧香。我说老二就该好好请个攒劲的阴阳禳几遭。借着她爷烧纸，这么好的时机，坟上好好念几天经，事情许就成了。

也不是没禳过，烧香也烧了，神药也求过……

我觉着名字顶要紧！名字是众人叫的，千人万人引弟、来兄、招弟、托儿地叫着，咋能不起作用呢。

…………

白娴听着很不受用，又倒了一遍茶后稍稍站了一会儿就出来了。她心里很讨厌这个二舅爷，引弟托儿，难听死了，你家生四个女儿把这个四个名字都取了去好了，干吗扯上我？我的名字才好听呢，我妈说娴是娴静如水的娴，你们没念过书字都不认得，懂什么呀。娴静如水究竟是个什么意思呢，白娴也说不上来，总归就是个好意思。

气咻咻地出了门，这可又没处去了，想着炉边烤过的余热散尽，裤腿里又要迈一步凉一次，白娴就往茅房里来了，她想看看秋裤究竟有多湿。她站着先将棉裤脱下，摸了摸秋裤的大腿处，又将秋裤脱下来摸摸裤裆，再翻起来秋裤摸摸棉裤的里子，竟也被渗潮了。真后悔那会儿下了炕。这会儿再回炕上去那动静可太大了，没准父亲正要醒呢。这啥时候才能干啊……

她蹲下，沮丧地挤出一些尿来。薄薄的黄土被冲开，露出一团深红色的卫生纸。那是女人的月经，乡政府的公共厕所里她见过。女人们把宽宽的卫生纸对折好几遍，像小孩子垫尿布那样厚厚地垫在裤子里，或者把这样红乎乎的一个丢进茅坑里。只有母亲不那样折，她对折到最后一次时，会把对面的两个角折进去相互压住，然后才折成一个长条。白娴总觉得折那两个对角有点像系蝴蝶结，蝴蝶结也要结出两个小翅膀。不过，每次这个时候母亲都不让她进厕所，只准她在外面等着，她就一边唱歌，一边等母亲出来。对呀，我也可以垫一个这样的卫生纸，不就不用怕湿了么！这个好主意让白娴开心得忍不住笑出声来，她咿咿呀呀地唱着，匆匆系好裤子跑出来。在大妈家炕角门箱的布包袱下面，她准确地摸到了一大卷卫生纸，嘻嘻，原来女人们的卫生纸都是这样藏的，她匆匆取了些塞进棉袄里兴奋地去了茅房。白娴细细地捋平卫生纸，对折对折对折，然后把两个对角折进去压住，再折成宽宽的一个长条，放在秋裤裆的正中央，小心地提起裤子来。果然好了许多，除了裤腿里还有点凉，屁股几乎完全触不到湿了吧唧的秋裤了。白娴笑嘻嘻地试着走了几步，感觉有点怪怪的，就叉开腿走了几步，又怕这样走出去太惹眼，便又收紧了腿走出去。

莫名地，白娴觉得自己是个大人了。

几个女人在酸梨树下聊天，她约莫知道该叫婶娘，就客气地叫了一声，笑笑地站在离她们不远不近的地方晒太阳。有一个穿皮鞋的倒不像是农民，不知该称呼啥，总归也是来给爷爷烧纸的吧。

“这是老二家的大女子吧？才这么大一点儿啊。”

“二女子呢？我记得那年炕上一个儿子一个女子啊。”

“儿子就是她大爹家的吧，昨儿坟院里戴孝帽那个。咦，是不是送人了啊，吃公家饭的，上头晓得就了不得了！”

“送啥咧！你没听昨儿坟上他二爷念祭文吗？老二家子嗣念了两个名字。”

“那该是了，我又不识字，咋知道他二爷念的啥？”

“你说老二也真是的，已经超生了一个，还不赶紧送了，后头还咋生？王法也不是一遭又一遭犯的。自己在工作组管计划生育，这可是知法犯法，罪加一等。”

“你没听说么，双职工不如单职工，单职工不如没职工，老二家媳妇也就是面子上光鲜，一退休还不是啥都没了。没个儿子，就算穿金戴银，心总是慌的。”

“是嘞，咱老农民好歹还有二亩地呢，老二家这一路骚女子生下去，饭碗踢了可就啥也没了。”

“要不老二两口子咋总不回来呢，他进这白家庄儿抬不起头来。”

白娴看她们嘀嘀咕咕的，就装作去别处玩的样子识趣地走开了。她不大听得明白她们在说谁，约摸是说个米子，又不大像是在说自己，那该是个谁呢？可除了父亲她们还管谁叫老二呀。白娴依稀记起前一两年的时候，在大爹家炕上抱过一个叫转花的妹妹，那会大爹家的儿子也还小，成天捂在炕上不敢出门。那不是说是大爹妻弟家的女娃吗？不过他们那会都抢着抱大爹家的儿子，转花没人抱，每次都让白娴去抱。你不抱谁抱？不抱就让哭去！抱就抱吧，抱谁不是抱，而且这个转花妹妹皮肤很白，比那个小眯眯眼大嘴巴的弟弟好看多了。白家的人都是这眯眯眼大嘴巴，丑死了，可那些女人们却不这么看，她们总用尖细的嗓子说，哎呀呀这娃有福呀，嘴大吃四方哪。白娴的眼睛随了母亲，毛嘟嘟的大眼睛。这个转花妹妹也是大眼睛，不哭的时候睁得溜圆。

只是这名字有点怪，花倒好，怎么有个转字呢？白娴有次问过大妈，大妈一边埋头在面柜里取蒸馒头的面，一边说，转来转去转了七八处地方了，不叫转花叫啥？是儿子就该叫个转子。咦，是个儿子倒也不用转了，净是这骚米子事多，搅腾得多少人不得安生。因为转花妹妹的名字和她的大眼睛，白娴这会儿倒还记得这事儿。

白娴看这几个婶娘的神色是有意避着她，大约又觉得她还小，也就不大顾忌。白娴是懂得看人脸色的，便自己走开了。虽然姓白，但是这个白家老庄她来得很少，自然一点家的感觉都没有，这里的人对她不是客气得陌生，就是不正眼瞧她。还是在姥姥家舒服。可姥姥家也不是她家啊，那年夏天收麦，她和向红帮着舅舅搡车子，向红说我家麦子今儿割完就都上场了，白娴跟着说我家的麦子这是最后一车也要上场了。在一边帮忙的小伙子听到了，就笑话白娴：啥是你家，你家是白家，这是你舅舅家！白娴羞红了脸，像占了小便宜被人当场戳穿一样。打那以后，白娴再也没有把舅舅家的啥说成过我家啥，但她心里一直很纳闷儿，来了白家她是外人，来了姥姥家她也是外人，那她家到底在哪儿呢，难道就是乡政府大院里那两间宿舍吗，没有水井没有院没有田地没有牲口，那也能叫个家？

父亲睡到快吃午饭了才起来。那会白娴已经把能去的地方都去了，还去了好几次茅房，那用来抵御潮湿的卫生纸总是要滑进裤腿儿里。

娴娴，过来我问你话。睡了这么久，父亲的黑脸上像落了一层灰。他稀疏的头发胡乱地爹着，一点儿也不像个上班的人，说是个农民吧，又瘦瘦弱弱地戴着副眼镜。

哦——我大妈叫我烧锅呢。白娴说着就跳进院子去了，她钻进厨房，蹲在灶台下一边烧火，一边没话找话地跟大妈聊天。她怕父亲发现她尿了炕。就算不当众呵斥，他问起来了究竟是承认呢，还是说谎呢，不如躲起来。

大妈炝好的一锅酸汤真香呀，还打了鸡蛋花，墙头上取下来的冻菠菜墨绿墨绿地切碎了等在案板上，捞面的时候再给汤里扔一把葱丝，那个香呀……白娴咽了一大口口水，跟大妈第一次有这么多话可说。饭刚端上桌，就有一个声音高叫着姐夫姐夫直奔堂屋里来，众人举着筷子还没将第一口面送进嘴里，那人就一脚跨进了堂屋。

姐夫，事成了！白娴这才看见，原来是大舅！堂屋里光线暗，大舅说完这句话，眼睛才适应了屋里的光线，浮出水面的水牛一样左右望着，找到了蹲坐在墙角边小桌前的父亲。父亲捞起一股面，挑了足有一尺长，那面条一头在红筷子上，一头还在酸汤里浸着，父亲像等着照相一样不动了。白娴看着那一股面条不由得赞叹，大妈擀的长面真长呀。大舅跨过去抓住父亲的双肩，要把父亲从小桌前拎起来一样说，姐夫，事成了！

呱嗒，父亲丢开了手里的筷子，红筷子和面一起掉在了小桌上，浸在酸汤里的长面的另一头像小鱼一样滑溜溜地从碗里游了出来，小鱼的尾巴弹得碗里的鸡蛋花左摇右荡。

姐夫，昨晚上半夜三点坐下的！我四姐夫连夜从柳家河起身的，今儿早上太阳冒花子就到了我家。我爹满村子借了一把自行车，让我别停火，一口气骑到白家庄来。姐夫，这一遭成了！

大舅说："成了"的时候，咋像我语文老师朗读课文呢，嘴张那么大！谁太阳冒花子又坐月子了？白娴心里揣摩着，太阳冒花子那会儿，我可是正躺炕上焐尿呢。

父亲的脸变得黑红，有许多许多红从那些黑下面挤上来，嘴唇还有些发抖。他都不去管撒在桌子上的面，只顾把烟盒儿里那最后一根烟咬在嘴里，却连着擦断了几根火柴也没擦着。他用两只手把烟盒绞了一下，又攥在手里，抬起头望了一眼门外，又把烟盒绞了一下，这才丢进火炉里。锡纸的烟盒不大好燃，闷了一会儿才轰地燃了起来。

大舅从上衣口袋里掏出一包新烟，拆开来用食指在盒底弹了两下，就有三根带过滤嘴的香烟长长短短地露出头儿来，他一根一根发给堂屋里的人，发一根说一遍我是娴娴大舅，这一遭咱白家的事成了，积修积修。咦，大舅怎么说咱白家呀？白娴有些疑惑，但她更替大舅心疼，大舅从来都是卷旱烟的，今天竟然给这么多人发带过滤嘴的香烟！看着那个吐痰的二舅爷接了烟也说着积修积修，白娴就更心疼了，不知道大舅发完这一圈还能不能给自己留下一根。

父亲终于说了一句话，是对大舅说的："你给自行车打些气，把我带上走。”大舅应着出去了。

父亲在地下踱了几步，差点儿撞到了烟筒子上。他从门箱里拿出来一瓶新酒，在爷爷的供桌前跪倒了。白娴看见父亲在供桌下磕头，磕完头又奠酒，好久不肯站起来。大爹拉他起来，他不起来，大爹便也跪下来，磕头，奠酒。白娴偷眼看着父亲，生怕他又像昨天那样丢人地大哭起来。

吃饭吃饭，事成了就赶紧吃饭，长面坨住了，二舅爷一边说着，一边把一大股面送进嘴里，白娴在心里骂这个二舅爷是饿死鬼转世的。白娴追出来想问问大舅啥事情成了，大舅却又越过她往堂屋去了，像没看见她一样。

众人都劝吃了饭再走，父亲没应声，推着大舅骑来的车子就出门了。大舅急吼吼地高声说，嫂子别捞面给我舀一碗酸汤。他接过大妈递过来的一大碗酸汤，站在院子里没换气喝光了，把碗接给白娴就跨出了大门。碗底残着一朵蛋花，白娴伸长舌尖把那蛋花挑进了嘴里，碗边的油花儿险些抹到了她的额头上。她把碗放回厨房追出大门，连个大舅的影子也看不见了。

父亲和大舅都走了。她给汤面里加了两遍辣子，还是觉得没味儿。吃完饭，亲戚们一伙一伙地走了，白娴更觉得心慌。送亲戚的人都回去了，白娴还蹲在干巴巴的酸梨树下。她把额头靠在树干上，那裂开的干刺刺的树皮触着她的皮肤，既不热，也不凉，只是那么硬邦邦地抵着。巷子里响起一串自行车的铃声，不用看就知道是一辆破车子，土路上颠得那车子浑身都像车铃子一样当唧唧地响。车子却在白娴的身后停下来，接着有人把她团着抱起来。咦，谁啊，怎么也会像小舅这样抱我？可不就是小舅嘛！哎呀，小舅小舅，你怎么来了？快带我回去！小舅呵呵笑着，一路把她团着抱进大爹家院子，直抱到堂屋的台子上才放下来。

小舅极少来大爹家，这次来了大爹竟然还给小舅发了根纸烟，小舅竟毫不客气地接过来坐在堂屋的炕沿上点起来。听见亲戚们刚走，小舅好像很遗憾，怨自己骑得太慢了。小舅捏着烟吸了一口就呛得直咳嗽。他扮得像大舅一样老成，对大爹说，白家哥，这一遭，事情成了！大爹点着头，说是是是。小舅又说，啥都不如人好，钱好钱是死的，人是活宝。大爹又点着头，说活宝活宝。白娴就在心里笑，这是姥爷的话，小舅在学姥爷呢。小舅又说，不过就是迟了半天，不然娴娴她爷爷的祭文里就能报一下了——咳，不过，也闲着呢，她爷三年了，现在是神了，脚程好，没准比咱都知道得早呢！白娴坐在门槛上，眼睛不眨地盯着小舅看，这个老拧她鼻子被她跳着脚骂的小舅，今天怎么这么大派头？说起话来怎么这么像姥爷像大舅，怎么就一点也不像他自己呢？

白娴坐在自行车的前梁上，屁股都颠麻了却幸福得一塌糊涂。小舅把他会唱的所有流行歌都唱了一遍，最后停在妹妹你大胆地往前走上，反反复复唱个不休，白娴一边骂骂咧咧地数落小舅不该借这么破一辆自行车，一边大声地捣乱着小舅的歌唱，她唱的是，舅舅你大胆地往前骑呀，往前骑，莫回呀头——通天的大路，骑到那柳家河呀，见到了我的妈呀，见到了我的妈——呀，通天的大路，通天的大路，通天的大路……

到柳家河的时候天已经擦黑了，四姨让他们进里屋来，小舅故作老成地虎起脸来摆摆手说，不好不好，走夜路了身上不干不净的，我在外屋坐坐，点根烟再进，娴娴是个米子，也坐一会儿再进。四姨笑他添了个外甥一下长大了。白娴听见父亲在里屋朗声笑着。父亲从没这么大声地笑过，她觉得陌生，继而连整间屋子都是陌生的了。

小舅把烟屁股吸尽了，才用指甲掐着丢出门外，推门进里屋了。门板嘎吱吱响着又自己磕回门框上。白娴站在门口，看见自己淡淡的影子被门槛折成两段，小半截在地上，大半截在门板上。母亲是真的在里面吗？

她就那么站着，心跳到了嗓子眼儿。

“娴儿，进来。”

是母亲……母亲听起来有些虚弱，白娴听出她叫“娴儿”的时候声音有些抖，像煤矸石一样，是一层一层粘在一起的。

“哦，哦——我出去尿个尿就进来了。”

“不要走远了，外头黑得很。”

她终于又听到了母亲叫娴儿，她嘴里哦哦着，在“妈”字旁边绕来绕去，好像在绕一摊会打湿鞋的泥水。只有母亲记得她怕黑。白娴的眼泪唰啦啦地流下来，她赶紧别过头去拉开门走出去。

雪下得大起来了，院子里落了薄薄的一层，像月光，又比月光冷，白。早上的那一团卫生纸已经在小腿处转了无数圈，揉成了一根扁扁的弯曲的纸棒棒，她卷下袜子伸手将它抽出来。白娴攥着这一团已经干了的卫生纸不敢乱丢，四下里看了看，还是不知如何是好。她只得将它一层层打开，尽量捋展那些因湿而起的大大的皱痕。她耐心地把那纸叠成四四方方的一块，像手帕那样装进了裤兜里。拿出手时手指上挂出来一团东西，白娴低头看，才想起是昨天惹她哭鼻子的那条孝布。别人的孝帽烧完纸都脱下来在坟地里烧了，说是孝满了，她的塞在裤兜里忘了。白娴的心一沉，觉得自己犯了个错误，而且是个永远回不去了的错误。一个爷爷就只有一回三年祭。我的孝可怎么满呢？白娴用食指钩住蝴蝶结的两个圈，在手指上绞缠来绞缠去，想丢又觉得不妥，只得又塞回裤兜里。想了想，又掏出来装在了另一个裤兜里，她隐隐觉得应该把它和那团卫生纸分开。幸好，母亲给她缝的裤子有两个兜儿，聪明的母亲。

此时，母亲在火炕上坐月子，炕上睡着所有人喜欢的小弟弟。母亲一定不知道下雪了，院子里有比月光还白的雪。白亮亮的雪夜，天并不黑到吓人，何况母亲就在一墙之隔那温暖的火炕上，这么近。

白娴却嘤嘤地哭起来。这一切都是母亲所不知道的。

2011.5.18

游园

“好。明天见。”古秀点了发送，把手机放在一旁继续刷牙。刷了几个来回，她怀疑地别过头去看手机。发件箱的第一条显示着那个人的名字，下面是她半分钟前写上去的“好”字。

这么容易吗，我怎么如此平静？古秀对着镜子擦去嘴角的牙膏沫。难的时候是真难，难到底了反倒会变成容易，容易得就像用毛巾擦掉牙膏沫。她又擦了一遍一点沫子都没有的嘴角，像演示给谁看似的。关掉外屋的灯，她的拖鞋一路默默地响回卧室。

释放或囚禁都是我自己在折磨自己，我就是我自己的典狱长。连一个旁观者都没有。没有。所以，早该这样做了。我就是个傻子，非要把自己弄到这一步了才想起要饶过自己。隔着睡衣，她摸了一下丰满的右乳。睡吧，睡吧，平静就平静吧。

她不知道萧是怎么被车压了的，等她看见的时候车已经在他身后了。一双腿不见了，他双臂支撑着身体用腰立在地上，瘦削的肩艰难地耸着，一张脸痛得乌黑。“阿秀，阿秀……”他将手臂长长地伸出，手指痛苦地抽搐着，等待她的营救。她的心缩成小小的一团，“你痛得像个孩子……”可是，她不敢伸出手去握他的手。这一双手让她感到害怕，仿佛她一切的痛苦都是这双手，而不是这一个人造成的。她慢慢地向他爬过去，掠过他用尽力气举着的双手。她爬到他的身边，用自己的脑袋顶住他的腰，把他往路边推。“啊……”他痛得大叫起来，路面上留下鲜红的血迹，恍惚还有他的腰椎骨和地面发出的擦响。血腥气直往鼻子里钻，她放声痛哭，和他的叫喊混在一起，她的脑袋每把他往前顶一截，他的叫喊就会更大一些。“我怎么会不知道你痛，怎么会……”她在心里对他说着。忽然他朝前栽倒了，留给她血肉模糊的腰，脊髓白得像水豆腐。古秀大叫一声，眼前一片黑暗。停了几秒钟，她听到了自己的喘息。

是梦。她按开床头灯，搓着自己的脸。一闭眼看见的还是萧那双手，痛苦地抽搐着伸向她。她讨厌自己为什么不握住他的手，“是做梦啊，握一下又不会怎样的！”她叹一口气，拿过手机来搜索“梦见受伤”，网上解释说梦见亲人受伤是因为做梦者过于担心对方，为对方的健康而焦虑造成的。

我没有啊，我为什么要担心他！睡吧睡吧，这条解释是说梦见亲人受伤，这解释并不适合我的梦。

是窗外的鸟叫吵醒了她。睁开眼来，阳光透过飘着竹叶的纱帘射进来，照得半边粉色的布帘暖烘烘的。古秀揉揉太阳穴，又是一夜乱梦，头痛欲裂。她拉起被子蒙了头想要补一觉，却再也不能了，窗外的鸟儿叫得像开歌唱会。古秀只好放弃了睡觉，愣愣地躺在床上，想起昨晚的梦。萧血肉模糊的断腰和他向她伸出的手；一路的蒿草和奔跑；后来又梦见她被送进了手术室，赤身裸体地躺在冰凉的手术床上。戴口罩的医生穿着蓝色的无袖手术服向她走来，手里捏着一片薄薄的刀刃，再看时那医生竟是萧，她认出了他的眼睛和棕色的眼镜框，那是刚工作时她花了五百块钱在校医院给他配的眼镜。

"戴上这个，你就能更清楚地看我——只许看我一个人哦！"

"那我还怎么画画？"

"讨厌！"

"哈哈……"他放声大笑，甩甩头，"嗯，有点晕。"

"新眼镜都这样啊。萧大爷……看我看我——"她端住他的头摆在自己眼前，"比戴旧眼镜时好看还是难看——想清楚后果再回答哦，哥们！"

"哇！好肥的一只小猪啊！"

"哼！我生气了——"她就地蹲下不肯走了。

"走啦走啦，驮我的猪吃刨冰去——五种水果味儿，任你选哦……"他费劲地拽出她的两只手搭到自己的肩上，将她背起来。她故意不配合，把自己垂成一根长长的面条。"面条变短一点……你以为你是今麦郎弹面啊，猪？"

"我不——我要吃十种口味的刨冰！我生气了——"

“气刚生下来，月子里吃冰要落下病根儿的——再说总共就五种口味啊，傻猪儿！”

“我不管，我就是要坐月了吃冰……我吃两份不就十种啦！”

没完了吗？古秀？！她生着自己的气坐起来，抱住头甩晕了才停下。晕晕的脑袋又想起刚才的梦，梦中的萧是用捏油画刮刀的手法捏着手术刀。

“古秀——你还有没有点出息了！”她在心里对自己咆哮着，重重地倒回枕头。

这栋建成于20世纪80年代末的楼给每间屋都留了烟筒洞。送走了搬家公司的人，古秀才发现床恰好安在了烟筒洞这壁墙边。半夜里，风刮起来会不会呼呼作响，我就如同睡在旷野中的孤魂野鬼。这样想着立刻就拨了房东的电话。

“巴掌大块纸板糊上就行啊，这算个事儿吗？”

她喏喏地应着，仿佛初中生问了道十以内的加减法。后来，接网线的时候，电信公司的人就大材小用地利用它走了网线，接下来的春天里有一对鸟夫妻入住了这宫殿，衔柴含水筑巢的过程都免去了。听着鸣叫，古秀就觉得这位鸟丈夫若变了人，一定是跷着二郎腿叼了烟躺在沙发里的男人，晃荡着拖鞋对妻子说：“什么叫有头脑，就是不衔一根柴还住进砖混结构的庄园，你嫁我是你走了狗屎运了！”鸟妻子端着果盘，水从指尖滴下来，娇嗔地回答：“我嫁的是你，又不是房子，我是那么贪图物质的人吗？我不说你当年怎么死皮赖脸地追我，你就装作那人不是你了？”

鸟丈夫已经不是原来那个脸上长痘痘、碰上她的眼光就脸红的他了，“嫁汉嫁汉，穿衣吃饭。别以为我不知道你们女人心里的那点小算盘，你嫁了我吃香喝辣的，心里偷着美去吧！”鸟妻子一些时候会撒娇：“好啊，你这个坏蛋……”；一些时候是哀怨的叹息：“原来我在你心里，和街头川流不息的女人别无二致”；也有一些时候，鸟妻子很不耐烦：“闲磨什么牙，你今天到底去不去工作了？抬脚——待会儿再放下来，刚拖的地一踩一个印子。”

古秀就这样天天为烟筒洞里的鸟夫妻导演着生活的肥皂剧。有时候它们也会吵架，甚至在洞里扑腾着翅膀像是在打架，她真怕它们哪天打得太厉害把纸板撞开，“扑通”一声掉到她的被子上。有几次，她真想趁它们飞出去的时候用报纸塞严这个洞，可终究不忍心。它们会在烟筒洞外急得大叫吧，鸟妻子会不会哭着埋怨丈夫，鸟丈夫又会不会气急了跟她一拍两散？或者正是在这样的时候，鸟妻子才会知道自己嫁了个什么样的丈夫吧。总是在经历一些事情的时候，你才会发现对方最深刻的本性究竟是什么。如果生活庇护你，迟迟没有给过这样的考验，那么就这样彼此在对方心中美好下去。

或许所有的美好都不过是建立在这样那样的肤浅交往之上吧。

宁拆十座庙，不毁一桩婚，就让它们这样美好下去吧。我若拆散它们，鸟夫妻也不过是悲叹平淡的生活被飞来横祸打断，断不会知道那只是我这样一个另类的无聊举动。就如同我不知道是谁导演了我的苦楚一样。有什么意思呢，无聊又残酷的命运之手。

看着阳光越来越明亮，听着窗外鸟儿的鸣叫，古秀有些心急了。是春天了，它们怎么还不回来？

拉开帘子，又黄又暖的阳光立刻涌进来，古秀用手遮着眼，脑袋一阵眩晕，仿佛要被这阳光扑倒了似的。眼前一阵金花冒完，她才看清了楼下的柳树。嫩嫩的，有一点点新芽探出头来，几只麻雀落在上面，笨笨地叫着。刚才那几声好听的鸣叫是哪种鸟儿呢，一点儿影子都不见了。一楼的大妈蹬着炸臭豆腐的三轮车绕出了巷子。

唉，我那两只鸟儿会不会去别处安家了。鸟儿也跟人一样薄情吗？那就随你们去吧，薄情的人都经见了，还经不起一对薄情的鸟儿吗？古秀把纷乱的头发揉得更乱些，任发丝遮住那张苍白的脸。

“明天下午三点我来接你吧？”

“不不，你说个地方我自己过来。”

“那就三点半，青年街的小梁园。你到了打电话，我下楼接你。”

“好。明天见。”

古秀把手机里的短信又读了一遍。她和这个叫胡峰的男人见过三次了，锅炉厂的技术员，副科长。用舅妈的话说：“比你大九岁，有房有车没孩子，前妻出事故走的——他也死心了，不会像闹仗离了婚的，心里水水浆浆总是难免的。人长得也周正，老实本分知道操持家里。我跟你说，小秀，过日子就要找这样的男人才踏实，你们这些年轻人都是让电影给看坏了，你就说你之前那个电线杆子吧——”

“——舅妈，我去见呢舅妈。周末就去。”宁肯再去吃一顿相亲饭，古秀也不想听从前。

“哎，这就对了。长得好看那都是绣花枕头，拿给别人看的，自己过日子有个靠山才是真的。怪就怪咱路走到窄处儿了，二十来岁是咱挑人，现在是人挑咱了，他的户口就落在南华街那边儿，十七小和二中老校区就在跟前儿，以后孩子上学划片儿就划在范围内了，根本用不着你费心思找人托关系……”

古秀把手机听筒拿开，过一会儿再拿到嘴边嗯两声，直到舅妈说：“行啦，那先这样儿吧，我回头把你电话给他——秀儿，态度放好点儿，别老拉着个脸，你看你妈都愁成啥样儿了！”

除了同事介绍过两三个，余下的都是舅妈介绍的。真不知道一个罐头厂的女工有什么本事，竟然可以在小小的宁城源源不断地找到这么多需要结婚的大龄男人。这三四年里她见了不少人，公务员、医生、教师、军人、商人，大多吃过一顿饭之后就重新成了陌生人。刚搬到城南的第二年，有一位三十五岁的商人看上了她，或许是那一双酷似萧的眼睛让她感到莫名的亲近，她去见了他第二次。从咖啡店出来，那人就要去她的住处，古秀怒不可遏，拍掉他搭在她腰上的手，“请你放尊重一点！”

“呵呵，干什么这么激动啊你……说句不好听的”，他抱住自己的胳膊，脸上挂着笑，“离过婚的人了，你我都没必要装得太过吧。我实话实说，对你还算满意。你看着挺文静，不像我第一个老婆，漂亮得很，但是个母老虎。”她真后悔吃完饭后还答应他来咖啡店，这会儿快十一点了，路边连个人影都看不见，她也不敢真的激怒了他，只得又软下来，“我也觉得还算谈得来。但是这样太快了，我们毕竟才见第二面……希望彼此多一些了解，稳妥一点总是好的。我想你也不希望同你建立第二次婚姻的是个很随便的人吧？”

“你这样说，我更觉得你靠谱。男人在外面苦死苦活，就是要家里有个省心的。”他说着又凑过来，“我对你真的动心了。合适也不光是说性格，各方面都得合适，是吧？说穿了男人女人之间就这么点事儿，再说这也是一种交流感情的方式……”他说着攥住了她的手腕，那一攥的坚决让古秀本能地揽住了身边的一根电线杆。他一边哄她，一边拉她，说如果去她住处不方便的话可以去宾馆。古秀上了发条一般地说着：“下次……下次吧……”，她死死站住抱着电线杆，他用劲拉的时候她就作势要喊人。我该怎么办，谁来帮帮我啊，快过来个人吧，天啊！快过来一个人吧！

不知过了多久，咖啡店店员下班回家时，古秀才等到了苦苦盼望的人，她叫喊了几声他们就注意到了她。毕竟是刚刚消费过的客人，再说离店也太近，他们也不想发生什么意外，趁着那男人向几位店员解释说他们是恋人关系的时候，古秀拔腿就跑。

回到屋里锁了门，她瘫坐在地上，这才放下了心。脱袜子洗脚时，才看到丝袜前面破了两个洞，原来她的脚一直用劲以防被他扯走，连袜子都磨破了。

脚在水盆里泡着，她忽然放声大哭："我是二婚，不是妓女……萧岩，你在哪儿呢……我被别人当妓女一样地看待，你知道我在经历什么吗……你为什么要这么对我……"

舅妈再问时她只说不合适，怕舅妈又纠缠，她只得补充说做生意的人太势利。她能告诉舅妈她所遭遇的惊恐和轻薄吗，不能，舅妈不能告诉，谁也不能告诉。就没有一个人是能让她告诉这些的。她只是在心里感谢那几个店员，几个素不相识的人。

以后再见面就一定不能晚过九点。见多了也就麻木了，开头打电话问你好，约吃饭或喝咖啡，问你的年龄和工作，聊你为什么离婚。控诉前妻的种种不是，倾诉对婚姻的恐惧，或对女人的鄙夷。为钱，为养老，为房子，出轨，疾病，意外……也有的打过几次电话之后就消失不见了。这才知道，人世间的相遇有许多种，有一种相遇叫作相亲。素昧平生的两个人坐在一起，从零开始直奔主题，妄图建立那种亲密无间的关系。古秀听着，常常走了神，想起烟筒洞里的那一对鸟夫妻。她每日为它们导演的生活剧竟和耳边的叙述如此相似。

自然，也有未婚的。古秀开始很好奇，什么样的男孩子会不介意娶一个离婚的女人做妻子。怀着自卑见了面才知道，他们总有不似于常人的一面，要么奇胖无比没法在咖啡桌前落座，要么有先天残疾，要么烫了爆炸头一坐定就来一句："啊，你看起来很年轻啊，一点不像离过婚的样子，倒显得我比你老呢，我衰……”还有谈过很多女朋友的，她清楚地记得一个在企业做会计的跟她说：“现在的女孩，没结婚的比结过婚的更乱。我见得多了也玩够了，只想安稳结婚过日子。”一个人怎么会愿意将自己的人生剁成那么多段、分给那么多的旁人？他回忆起来的时候，想想那样一个破碎的自己，不感到恐怖吗？她只想要一个，却没能如愿。她是被剁开的。年纪轻轻就经历过几十次感情的人，古秀是绝没有勇气去接触的。

又传来两声清脆的鸟鸣，古秀忙奔去窗边。可她只看到它们遽然飞走的身影。一只黑猫站在墙头，尾巴向上卷曲着，像一只坚硬的铁钩。这猫！电视剧常用猫在春天的躁动渲染气氛，古秀以前还真的从未听过猫叫春，她总以为那会是怎样千娇百媚的叫声呢。搬来这里的时候正是深秋，她总是一个人在办公室待很久才坐公交 1 路向南，又总是提前几站下车，慢慢地走回来。

古秀缩紧双肩沿着旧墙走，脚步缥缈，像一件被风鼓荡着的破口袋。巴掌大的杨树叶触着她的肩头或头顶，又被风卷走。每一片叶子都不会被秋风丢弃，而我呢，我前半生的结果就是连一扇属于自己的门都没有，这样的秋夜里，在故乡做一个房客。眼泪滚滚而下。嘴里的苦和心里的痛扭结在一起，严严实实塞住了她的喉咙，在胸腔里发酵汹涌的毒酒，漫过五脏六腑。天晓得这毒酒要把她腌制成怎样的一腔苦心肝才肯罢休。她哽咽着，毒酒就在哽咽中翻滚。是谁说的哭出来会好受一些，这是真的。在僻静的路段，她允许自己哭出声来。那些细细的哭声如同丝线一般源源不断地被吐出来，塞在喉头的软木塞就一点点疏松起来。没有一个听众，她只是哭给夜风和这满路的落叶，哭给自己，因而就无比真挚。她爱他，没有更多一点点的爱可以给他。而此刻，这爱全被兑换成了毒酒，一滴不少地封在她的身体里。偶有行人竖起衣领匆匆往家赶，她羡慕他们的匆忙，整个世界都是匆忙的，唯有她用不着赶，没有谁在等着她。只有她自己的苦和痛，只有她的一具肉身和一枚苦心在垂死挣扎，等着她无力的营救。而她呢，是一只迷失在命运暗红色世界里的爬虫，只能用哀绝的哭泣慢慢地抽那一团无尽的丝线，一线一线为肉身寻求活命的机会。

她呜呜咽咽地哭着，走着，倒像是不为所动的幽闲歌者。想起小时候坐在父亲肩头看戏，见一青衣女子哭得肝肠寸断，便问父亲：“她为什么哭得这么伤心还要唱？”父亲没法给她解释清楚什么是戏曲，却说：“苦到极点就哭不出来了，只能唱。”父亲中风瘫痪多年，只能在床上度过余生，而此刻，这句停留在她儿时的话却异常清晰地站在了她的面前。这么多年了，它竟有这样的耐心，在城南的一截旧墙这里等着她。父亲，这就是我的命吗？命原来比人可靠得多啊！

一个又一个夜晚，古秀睁着眼度过。夜风送来小儿的啼哭，一阵又一阵，不知是染了病患，还是失了乳母，十晚中有三晚是要哭的。从初秋哭到了来年春天，直到那一天，古秀呆呆望着窗外时，那黑猫正蹲在楼下的矮墙上，“呜哇——”它叫了一声。

古秀一惊，才知道原来是猫！叫春不是为了吸引爱人吗，怎么却更像是哭喊？因为悲苦而呼唤爱人，这倒是比浮华的爱更刺痛人心了，可见世人大大地误解了，赋予了那么多淫亵的意思给它。怪的是这猫一年四季里除了盛夏，其余三季都是这样的哭喊，它心里该有多少的苦楚呢。双泪长流的夜里，黑猫哭喊起来的时候，古秀就慢慢地止住了泪，仿佛它是冒着午夜的黑暗来安慰她的朋友。然后，由它接续了这关于爱的苦痛，一声一声地哀鸣，直到天亮。

鸟夫妻的日子不温不火地过着，乏味得像任何一对归于平淡的夫妻。古秀的导演也跟着平淡，平淡到她无需将它们转化成人类就晓得发生了什么。直到有一日。

那是中午，忽然从烟筒洞里传来几声娇弱的鸣叫，古秀停下了手中的杯子，一颗心在胸口怦怦跳。

“叽叽……叽……”

是雏鸟吗？它们什么时候孵出了雏鸟啊。

“叽叽……叽……”不止一只呢！

她那被毒酒浸泡成漆黑一团的心竟泛出一股久违的温情。孩子……这就是孩子吗？

鸟夫妻一定是出去觅食久久未归，饥饿的雏鸟本能地发出了平生的第一次鸣叫。古秀真想揭开纸板送去一勺米，却又怕一揭掉纸板那雏鸟就掉进屋里来，摔死了怎么办，摔不死我又怎么敢把它们弄回去！只好屏息听着它们的鸣叫，有两只还是三只呢。

她细细听着，鸟夫妻就回来了。接下来是欢喜的午餐，孩子们争夺着食物，鸟妈妈亲切地调教幼子，鸟爸爸会呵斥一两声。

这样的时候，房前屋后各家都上演着午饭时分的热闹，香葱辣蒜在油锅里爆响，孩子在厨房里窜出窜进，夫妻俩围着一锅滚水揪面，说着些可有可无的闲话，四只手在腾起的水汽里忙乱着。古秀捏着茶杯站在窗口，看一窗之外的滚滚人世。

酒肉朋友，米面夫妻。古秀看着杯中渐渐褪去了颜色的花茶，恍惚觉得自己被抛在了云雾之中。家家户户的厨房里冷清下来时，烟筒洞里的鸟儿一家传出一两声餍足的鸣叫。如果我们有一个孩子，会怎样呢？我大概会像所有肥皂剧中的女人那样，百般委屈又大度地说一句："看在孩子的面上，我原谅你。"可心里怎么想呢，谢谢孩子给了我留下的理由，我从未想过要真的离开。

他们那时是太自信了，也太傻了。古秀想起那一晚的情境，酸的苦的甜的就一齐在喉头翻滚。

正是农历十六，满月亮得惊心，他说想画月亮。她还依稀记得高中课文里的句子，随口念了一句：

月出皎兮，佼人僚兮。舒窈纠兮，劳心悄兮。

他大喜，雀跃，忙不迭地搬了小沙发斜放在临着客厅大窗的墙边，又用金黄色布幔盖了沙发。古秀会意，换了那条月白色的吊带裙。他支好了画架，她就走向窗边，面朝窗外侧卧在沙发里。

"这猪儿，这么自觉地入画了……"

她笑，不答，调整着裙子上的褶皱，好给出一点光线的变化。

刮刀在油画纸上走着大胆粗疏的长线条，寻找恰当的构图。古秀望着被纱帘阻隔的满月，想着如果那上面真的住着一个孤独的女人，她的日子该怎样度过。萧忽然丢了刮刀趿着拖鞋奔向她。他跪在沙发前拥抱她，用自己的脸蹭着她弯曲的腰腹。

“怎么了？”

“我看着你走神的样子，忽然一阵心疼。秀。”

“傻瓜……没有走神，我看月亮。”

“想起以前做的一个梦。我梦见你不要我了，带了一个新的男朋友，就在我家后院的厨房墙边，那棵果树下边。我特别难过，走来走去地骂你。你说你也很难过，无论如何我是你第一个爱的人。我的心像刀割，我扇了你的脸……那一声脆响吓了我，我怎么能打我最心疼的人，我就又扇了自己一下。我——”

“别说了——那是梦，梦都是反的……梦见散了就是不散。”即便是梦，她还是跟着心疼，“只有你不要我，没有我不要你。哪怕你杀人越货全世界都不要你了，我都不会不要你。”她摩挲着他孩子一样的脸，“没有你，我就不再是我了。我们本来就是一体的，没有要不要的。去，去画画。”

“不……”他像一只小猪那样拱来拱去，“再抱十分钟。”

“世上哪有你这样画画儿的……我用脚踹了啊……”

“光线还不够嘛，再等一下，十分钟……别出声——让我先情景交融一下画出来才动人！”

“狗屁啊，达·芬奇先跟那个寡妇又亲又抱一通才画的《蒙娜丽莎》吗？”

“悄悄地——你这个败家婆娘，什么屁啊屎啊的，我修炼的一点真气都被你给破了！”

“呕呕——我错了……”

他们在一起总有说不完的话，那么多正经事儿都被这样的厮磨挡远了。他常常抱怨她无期限推迟了他修炼成伟大画家的时刻，可下一次又重演一遍。这一回终于还是用了脚，才把他踹回画架边。

“这恶毒猪儿，月光下穿月白色裙子，你想我画成一摊荔枝果冻吗？”

“这样才考验你的眼睛和手啊，不经历磨砺怎么修炼成伟大画家？”

“悄悄地——你一说话就满脸的表情，光线全变了——不许反驳，正画脸……憋住！”他抬头看她低头看画，又掀开落地灯看一下颜料。

她真的不再说话了，神思远游。他却又不依了，“小猪儿跟我说说话。”

“嗯。我说，你听。你不要总说话，好好画。乖乖的。”

“嗯。我这婆娘忒贤惠。”

“每次看着月亮，我的心里就很安静。你知道吧，有一种观点说，月亮引起了潮汐变化，而女人的月经是地球水体的一个缩影。所以我总觉得历法中的‘月’最初也可能是从女人这里得出的。”萧扑哧笑一声，被她瞪一下终于忍着没说话，她继续说下去。

“一个女孩儿刚被生下来就拥有了完整的女性器官，它们会沉睡很多年，而她也不知道她会长大、会从千千万万的人中爱上一个人，可是她就能从那么多那么多的人中找到她的那个人。她慢慢长大，十几岁的时候第一次来潮，紧张、羞涩，细细体会。这正在发生着的一切都是为了一个终究会到来、而现在还在茫茫人海里浮沉的陌生人。后来，他们终于准确地找到对方，带着二十多年寻找路上风霜雨雪的味道，唤醒埋藏在生命深处的记忆……”

“肩，起来一点。小猪儿坚持下，画完这块儿你就休息下。”

“在天地最玄妙因素的神秘安排下，他们会孕育一个孩子……它会随意选择那两个人的容貌、脾气合成一个自己，它看起来既像那男孩，又像那女孩。它简直就是一个精灵，懵懂无知却妙不可言……嗯……比如我们有了孩子，他就这样趴在我的胸口熟睡，额头渗出细密的汗，我低头看他的侧脸，和你小时候照片里的样子完全一样——哎，他的小脸一笑，我的心都要被那笑揉碎了——”

“秀。”他又丢了刮刀趿着鞋跑过来，“我们不要孩子，好不好？”

“为什么啊？”

“有了孩子你就不爱我了！”

“怎么会，那是我们的孩子啊！”

“会呢，因为他小需要照顾，他哭了你担心，笑了你开心，总之就是围着他。爱是有限的，你分给他一些分给我的就缺了一块儿。我回来了你也不理我，我出门了你也不理我——你知道吗？我每天早上在楼下抬头，看见你白乎乎的一小个站在窗口向我挥手再见，我心里就软软的，又幸福又心疼，就只看着你那么一小个儿的样子在大大的窗口送我，就很心疼你。秀，我们没空地方给别人。”

“这么傻……”

“我们和世俗的夫妻不一样……你已不要人间，我亦不堪烟火。秀。”

不要人间。古秀痛苦地想起床上气愤的父亲和床边垂泪的母亲。他们不同意她和萧的婚事，说他穷得一无所有，看着不像个安稳过日子的人，他只是贪图她的房子。父母和萧是两种人，她无法让他们懂得萧的纯真，不懂得他对她有多么珍贵。萧也不懂得，她坚持跟他结婚不是不要人间，她只是明白，父母是永远不会走散的人，而爱人是需要珍惜的。但她相信，他懂得她的付出，懂得接替她那被双腿背叛了的父亲，用尽余生站在她的身边。

“秀。”他喃喃地叫她，隔着绵绸亲吻她的乳房，他叫它们公主。“秀穿这件吊带裙最好看。公主也最好看。”

“太露了。就在屋里穿一下玩。”

“你穿出去我也不介意的。”

“我介意。”

“求围观！旷世贞洁女古小秀——是大爷我的了！”他故意眨眼，用密密的睫毛刷她的下巴。

“贞洁不是做给别人看的。是为自己。是我们的。”

“裙子是你的，你是我的。”

“画儿是我的，刮刀是你的。快去快去……”

“哇哇，这等秀美的足，怎好用来踹人哪，娘子！”萧连滚带爬，夸张地回到画架边。

那画儿后来一直挂在他们的卧室里。名字是她写上去的：月之出兮。

到如今……月亮还是每月都圆，而古秀在城南的出租屋里，整晚看窗外混沌的月光灯光。烟筒洞中鸟儿一家温暖地拥在一起，沉浸在各自的酣梦中。偶尔一两声呓语落在她的枕畔，古秀的眼泪便哗哗流淌，直至天明。

仔细想想，这样的结果其实不算意外。那些烟酒为伴的日子，那些彻夜流泪的日子，那些内脏被毒酒腌浸的日子……月经消失了，头发一把一把地掉，舌尖永远是烂的，嗓子噎得清水都咽不下去，连鼻孔里都生疮。也并不是没有想到过死，当回答不了这样活下去还有什么意思的时候自然会想到死，可想着要去死的时候，也同样回答不了这样去死究竟又有什么意思。那么就这样死不像死、活不像活地熬着，至少每个月可以回去看一次父母，为那套只有一双脚来来回回的房子添上另一双能够移动的脚，洗洗父亲的衣服，给母亲剪一剪头发。她对他们不是爱或愧疚能说清的，可她怕那个永远只发出叹息声的家，也烦他们绳索一般的关心和询问。

做B超的医生是女的，在她旁边做记录的是位年轻的男实习生。古秀遮掩着解了扣子，那女医生冷冰冰不耐烦地说："掀起来。"古秀抿一下嘴，揭开了衣襟。

"嗯……以前体检过吗？"女医生问。

"三年一次，就是单位组织的那种常规体检。"

"嗯……左边有东西。以前知道吗？"

"……"古秀的脑中是一条空荡荡的黑巷子。

"哪边？"男实习生转过头来看一眼躺着的古秀。

"左。外下象限。"

她不记得自己是怎样从那床上下来的，又怎样系上了扣子。只记得她打开门要走时，那女医生说："不要过于紧张，这病很常见的。拿着检查单到门诊挂号去看。"

接下来的事情是靠本能完成的，它们一边发生，一边消散，没有在她的脑海中留下一丝痕迹。只记得一位中年男人一手扶住她的肩膀，一手捏她的左乳。他问她问题，她回答，说的什么全都忘了。只记得她问他是良性还是恶性，他说切出来化验才能确定，或者做穿刺。"根据我的临床经验，你目前的情况还是考虑手术，且越快越好。"

走出门诊大楼，阳光与喧闹兜头浇下来。医院仿佛一口夏日的深井，在她的身后冒着彻骨的冷气。草坪边遇上一位同事，古秀平静地笑笑，说做完了正要回去了。

“哎呀，真麻烦，排那么长队。”

“是啊，还好我来得早，做完得还算早。”古秀笑笑，和同事说再见。

古秀站在医院门口，不知道接下来该做什么。一个盲人拖着瘸母亲立在医院的围栏外，那母亲向她伸来破茶缸，古秀掏出十块钱丢在里面。

“谢谢，好人一生平安！”母亲向她鞠躬，儿子也跟着鞠躬。

她抬起头来看看天，看不见太阳在哪里。公交站点挤着一堆人，趴在地上乞讨的残疾人被挤车的人淹没了。古秀的耳边一时喧闹得能掀起头盖骨，一时又寂静得如同走在画布中。这些乞讨的人，他们怎么总爱聚在医院附近啊。走过了两个红绿灯，古秀还是不知道接下来该做什么，刚好一辆出租车在她身边停下，她就顺势上了车。

“去哪里？”

去哪里？该去哪里呢？望着满眼蛆虫一样蠕动的人群，古秀感到一阵恶心。“去城外吧。”

“城外哪里？”

哪里，哪里啊，哪里又有什么不一样吗？“随便，出城就好。”

“东郊行不行？我就不用调头了。”

“嗯。”

司机终于安静了。古秀歇下一口气，望着窗外倒退的楼和人。城外又干又呛的空气灌进来，却好像比市内的轻薄一些，古秀觉得呼吸越来越轻，轻到要飘走了似的。

“东郊公园。你在这里散散心早点回去，打车也方便。行吗？”司机停了车，问她。

“哦……”古秀在空白中挣扎着，找一句对答的话，“谢谢。”

下车走了没几步就觉得累。这里和几步之外的那里有什么不同吗？她瘫坐在一棵树下。

眼前这一座城是她生活了三十年的地方，现在看起来它是这样陌生，灰扑扑的，像孩子随便堆起来的一堆积木。她在这一堆积木里出生，读书，工作，恋爱，结婚，离婚……大概也还要在这里死去吧。她想起那乞讨的母亲说的“好人一生平安”。好人，我是个好人吗，我平安吗？

眼泪慢慢地流出来，热热的。古秀，你不是不想活了吗，这不是正随了你的愿吗？

草坡，树林，水塘，曲桥。哦，这里她曾来过的。那时候这公园刚修好，萧带着她来这里写生。仲秋时节，植物呈现出一年里最丰富的色彩，萧剥去小柿子外面的一层薄皮递给她。古秀一边看他画不远处那几棵老树，一边拿出十字绣来，绣一只翠绿的小青蛙。打算给他挂在钥匙上的。

“秀儿，小曲儿给大爷唱起来。”

“来咧来咧，萧爷请——听——”古秀就《南泥湾》《三个和尚》《五哥放羊》这么一路唱下去，直唱到《绣荷包》：“小小荷包，双丝双线飘，妹绣荷包么挂在郎腰，妹绣荷包么挂在郎腰。小是小情哥，等是等等着，不等情妹么要等哪一个？”

萧回头。古秀便翻转手腕翘着兰花指夸张地穿针走线，又斜睨他一眼，将歌儿唱得更婉转些。他纵声大笑，从后面环住她，憋粗了嗓子学她：“要等哪一个？专等我的个小猪儿！”古秀咯咯笑起来。

“小秀儿唱得真乖。”他轻吻她的唇，又回去画画。坐定了，咂咂嘴说：“小绣娘，这画画出来会有一股柿子味儿。”

“嗯？”古秀不解，“为什么呢，色彩浓艳？”

“嗯……因为作画者中途亲了一只柿子猪。”

古秀奔过来挠他痒痒，还作势要按倒了他当马骑，唱着儿歌：“我有一头小毛驴我从来也不骑， 有一天我心血来潮骑着去赶集……”

萧不会唱歌，她却怎么也要他唱一段，萧只得收了画架，牵着她的手一直走到水塘边。

“古秀……古秀……古——秀——”他对着水塘里的芦苇大声喊她的名字。

“我在——”古秀紧紧拥抱他，“我的心要碎开了……”

“你爸妈不同意我们在一起的时候，我一个人躺在屋子里常常叫你的名字，叫出声来。你的名字就像歌，真的，秀。”

“我们终于还是在一起了。”她摩挲着他的头发，“真不敢想象，如果我要和一个人生活一辈子，而这个人不是你……真的一点没法想象那样的事儿。”

“我也是。那会我一想到你要跟别人结婚，一想到你要去做一件叫作结婚的事儿，而这件事却与我毫无关系，我就要发疯。”

“就算没有别人那样的婚礼，我还是觉得，我很幸福。”

“我们不需要那些俗套的仪式，秀，你最懂我的心。你已不要人间，我亦不堪烟火。”

我已不要人间吗？古秀仰脸望着天空，是人间不要我了吧，这样的阳光我还能看几眼呢？水塘还在，芦苇年年都绿，而那个人呢？他究竟是不是一个真的人，在我的生命里出现过的人啊！他是一个梦幻，还是一个魔术师，或者一开始他就只是一个爱上爱情、走火入魔的演员？

那个大雨滂沱的夜晚又回到了眼前。叫喊，厮打，号哭，她冲到楼下摔倒在水洼里，又被他拖回来。她从来没有那样哭过，像要把心呕出来那样地哭过。她昏过去，又在他惊慌失措地摇晃和叫喊中抽搐着醒过来。窗外大雨滂沱，她只有蜷缩在地板上缩成一团才能感到自己的存在，才能呼吸。她在他痛苦的呼喊中一次次跌入幻觉，看见小时候跳沙包的那条老巷子，或者一直往悬崖下面跌落。

“萧岩——救我——抓住我，我要掉下去了……”

“秀，你怎么了？你不要吓我……你怎么了？我错了我错了，你快醒醒，不要吓我……天啊，我究竟做了一件什么事儿啊……”

那是一个漫长的雨夜。天亮的时候她终于安静了下来，虚弱得像一只从瘟疫区拎出来的小鸡。他跪在一旁含一口蜂蜜水，慢慢地喂进她嘴里，等着蜂蜜水救这小鸡活转过来。

“秀，我不知道我怎么就做了这样一件事。我知道不应该，也知道你会难过，可我就是做了，我不知道我怎么会这样，真的……我是真心爱你。”他喃喃说着，泪流满面，像一名懊悔的囚徒。“我们重新来过好不好……我们必须在一起。必须，秀！”

“还怎么在一起？”她问。

“我不知道……我知道很难，但我们还是要在一起。”

“我是人，不是佛……”

而此刻，瘫坐在树下的古秀并不比那一夜的她好过多少。她抠着树根的泥土转过身来抱住那树，绵羊一般地哭泣。任粗粝的树身刺着她的脸。

一周之后，古秀回了趟家。她买了好些东西，又收拾了一遍屋子，临走告诉父母，说单位派她出去培训，要三个月才能回来。

术前检查都做完了，晚上主刀大夫和麻醉师来病房找她谈话，才知道她是独自一个人来的。

“手术需要全身麻醉，要家属陪护。原则上，全麻有生命危险。”麻醉师扶一扶眼镜说，“而且术后也需要有人护理，不能总在 ICU 待着，回到普通病房不可能一直由护士来照顾你的。”

“王大夫……”古秀无助地转向主刀大夫，这间病房里除去三个因化疗而掉光了头发的病人及家属，她最熟的就是这位在门诊见过几面的大夫了。

“实在不行，你只能请护工来陪护了。有一些人专门做陪护，有一定的经验。”

“我去哪里才能找到这样的人……”

“这样吧，我认识一位，做事还稳妥，我帮你打听一下——那我们把手术往后推一天，你再想想别的办法，远亲也可以……这种时候，毕竟还是自己人在身边好一些。”

古秀枯叶一样磕磕绊绊出了病房，在蓝幽幽的路灯下翻遍了手机里的号码。因为她的婚事，她和亲戚都闹僵了，这会却叫他们来看笑话吗？同事，让同事知道她行将就木或从此以后将是个残缺的女人吗？朋友，留在家乡的朋友就那么三五个，且都有孩子了，谁能放下两三岁的孩子和工作没日没夜在病房里陪护她呢？已经灌过肠的肚子瘪瘪地凹进去，咕咕叫起来。肠子还是要叫饿，不知道它的主人此刻像被连根拔起的甘蔗一样杵在冰凉的水泥地上。

萧岩。这个她一直回避着的名字此刻终于清晰地跳了出来。

她的生命源自父母，并因此而和一堆密密麻麻的人有了疏疏密密的关系。而此刻，他们都是不可以的了，因为萧岩。

那么萧岩呢，他可以吗？

这样想着，她的心咚咚跳起来。她按住胸口，让自己镇静下来。我是要真的和他分开、此生不再相见吗？这一切可不可以因为一颗肿瘤而稍稍改变一下？为什么我总是认为所有人都可能犯那样的错误而他绝不可以对我犯这样的错误？有那么多人都可以说：“我原谅你”，为什么我单单不可以原谅他？就因为他是我的举世无双的萧岩，我就一定要这样决绝吗？为什么人生总是要有这样多的“不可以”……如果我就此死去，就当是见最后一面，也不可以吗？

这样问着自己，两行泪滚下来，被夜风一吹，很快就凉了。这凉让古秀感到一阵恐惧，从脚心升腾起来的恐惧。她靠着路灯往低处滑，终于蹲下蜷缩成一团。嘴里吐出的热气呵在手机上，屏幕变得模糊。

“我病了。我长了个东西。”她想都不用想就按出了一串数字，点了发送。想起她每一次闯了祸，他都会揉搓她的双肩，温柔地安慰，想到他熟悉的声音很快就要从手机听筒里传来，她呜呜地哭起来，委屈极了。

这是她第一次在医院里哭。

过了一阵子，手机响了。不是电话，是短信：

“什么啊？别吓我。有病快去治。”

为什么不是电话而是短信？可那又怎样呢，古秀呜呜哭着，还是回了过去：

“是真的。我一个人在医院。”她本能地把拇指放在了绿键上，等着接听。

“为什么不告诉家里？”他很快回过来。还是短信。

古秀头顶一凉，像撞在了钢板上。

这是我的那个萧岩吗？是吗？

“我们分不开的，秀，让我们分开比在一起还要难。我们怎么可能会分开呢……我总觉着，这一切都会过去，我会带你去黄山写生——我跟你说过我要带你去黄山的——我画完一幅你就小心地收起来，冲热咖啡给我。我们抱着暖暖的咖啡一人一口地喝，聊天，看黄山云海。我们像说起家里的煤气一样说起这件事，你还是会问我，当年为什么要那么做。我一边擦着刮刀一边说，我也不知道我为什么要那样，明知道会让你难过却还是要那样去做，可我心里是真的爱你。秀，你是我的亲人，和别的任何一个人都不一样，我们不是用一个分开或者不分开就能了断了的关系——你不在的时候，我走在上班的路上不知不觉就叫你的名字。回去了一个人对着空屋子和你说话。秀儿……你不会相信的，我知道你再也不会相信我了，是不是……”他的眼泪河流一样倾泻在她的脸上，“可这是真的……我们分不开的，分不开……”

话还在，可是人呢？萧岩。这究竟是一个真实的人，还是一个虚幻的梦？

手机又响起，还是短信：“我结婚了。你多保重。”

古秀靠着电线杆眯起眼睛，隔了一会儿又重新翻开手机。是那一行字，没错。电线杆硬硬地硌着后背，肠子咕咕地叫着，不是梦。

手术那天是护工送她进的手术室。趁着还清醒，她对王大夫说：“王医生，我没有亲人可以签字了，手术中出现什么情况，你替我做主。原则是先保命，其次……如果可能的话……我以后想要个孩子。”

她全神贯注地指挥着自己的身体移动，爬上手术台，躺下。像摆弄着一具服装店里剥光了衣服的塑料模特。一个戴口罩的医生对着 CT 片子又捏了一遍她的左乳。麻醉师走过来，核对她的姓名、年龄及病床号，“放松，深呼吸，别紧张啊，很快就好了。”在那个类似氧气罩的东西扣上她的鼻孔之前，古秀又梗起脖子看了一眼左乳，在心里对它说：“公主，没有谁和谁是分不开的。连你和我都是可以用刀割开的。”

之所以和这个叫胡峰的男人多见了两次，是因为他从不问她的过去，不把“你前夫是做什么的”或者“你因为什么离的婚”这样的问题抛给她。这样想着的时候，古秀又觉得可疑，或许并不是因为这个，而是因为，他是她手术后见的第一个相亲者。

“乳腺癌早期，单纯切除乳房，所以没化疗，生育是不受影响的。”舅妈再介绍她的时候，就加上了这一条。如果对方不追问“单纯切除乳房”究竟是什么意思，舅妈也尽量不去补充。

半年后，古秀把实情告诉了家人，只是坚决不肯给任何人看伤口。眼泪自然难免，不过都是别人的，古秀一滴都没有流。没有料到的是，这一刀更加紧了他们催她结婚的脚步，“造尽了孽呀……你看看，一个人的日子怎么过啊！”一个人不能过，两个人就一定能过吗？结婚就是找一个给你的手术单上签字的人吗？

麻醉药让古秀的脑子比以前昏沉了些，可这又有什么不好呢。

第一次见面还是在咖啡店。两个杯子之外，桌上多出了一盒草莓。这个叫胡峰的男人说，早上去了朋友的蔬菜大棚，看草莓很新鲜就带了一盒。他把盒子略向她推一推，古秀闻到了甜甜的浓香。她朝他笑笑，说谢谢，捏起一只来，水顺着手指滴了下来。他刚刚拿去洗过了，他是个细致的人。

说说草莓，说说朋友的蔬菜大棚，说说单位门房一位古怪的老头。他似乎忘记了他为什么和她坐在这里喝咖啡。古秀微微有些乏困的时候，他就说离开。他要送她，她拒绝了。第二周他又约她，她看着短信上面他的名字，只想起了那一盒红艳艳的草莓。直到他又坐在了她的面前，她才记起了他的容貌。马上就要四十岁了的男人长得都差不多吧，矮胖，灰黄的脸上皮肉松弛，毛孔洞张。古秀没有多看，因为他又带来了草莓，这次是两盒，一盒裹了冰块，他说拿回去放冰箱里慢慢吃，还有两小袋脆生生的小黄瓜和荷兰豆。古秀恍惚记起她上次说到了黄瓜，说她喜欢嫩黄瓜身上毛茸茸的小刺。

这一次他讲了他自己。平凡的经历，普通的婚姻，可妻子带着两岁的女儿回老家看望生病的公公时出了车祸，一辆大巴上的人都好好的，唯独他的妻子和女儿罹难了。

“这么些年了，我总觉得，是她们替了我……原本该回去的是我，可我那天却忽然被叫回去加班……”他用拇指摩挲着杯子。“如果她任性说不去……她不是那样的女人……带上女儿的奶粉就出门了，我都没有送她去车站。”

“你别这样想……”古秀眼里转着泪花，“都是命。我现在信命了。”

古秀觉得，他不像是在倾诉，只是在回忆，而她恰恰是偶然坐在了对面的人。这一次，她也忘记了她为什么和他对面坐着喝咖啡。

第三个周末的见面有些水到渠成的味道了。倒没有什么具体的话题，不过又谈到了蔬菜大棚。他指着她眼前的小番茄，有些窘迫地笑笑，说：“我怕你笑话，就说是朋友的蔬菜大棚里摘的，呵呵，是我自己在锅炉厂的旧厂房那边搭的一个小温棚，很小的。”他前后抓一下自己的头发，接着说：“有时候觉得挺无聊，种点菜，解解烦闷。我是乡下出来的，总还是喜欢田地。挺土气的一个人。”

第四次。答应见或不见就有些不同了。四十岁的男人，三十岁的女人，离异，不能只谈草莓蔬菜了。他们不是二十岁的小青年，对制造误会和猜心思有无限的热情。他们心里都只余下一点仅够活命的水，会错了意的付出只会让他们丧失得更多，枯萎得更快。而无辜接受这样的润泽也会让人心生歉疚。

古秀自然明白这一点，她端着茶杯站在窗边，想起自己想都没想就回复过去的“好。明天见。”一楼的婶婶把老母亲的轮椅推出来，老太太捂了一个冬天的苍白的脸被阳光刷洗着，渐渐舒展开来。又有人把棉被、毛毯挂出来，砰砰拍打着，潮气像烟一样散掉了，阳光会像吹气球一样让它们鼓胀起来，膨松起来。孩子脱去了笨重的棉衣裤，咿咿呀呀掉着口水开始学着迈步。古秀揉搓自己的双肩，仿佛要把结在身上的大血痂揉掉。她也想要这正午到来前新鲜温暖的阳光，可是，她总找不到一个理由。她不是那种没事也可以下楼、站在院子里和这些事实上已经很熟悉了的邻居随便拉家常、逗孩子的人。

古秀把棉衣叠好，压在最底下。再穿它时，一年又过去了。翻开衣柜才想起，她竟然也穿过这么多花花绿绿的衣服，这几年里她总是穿着黑灰或深棕，总觉得这样的颜色穿在身上扣死扣子拉严拉链，那个被紧紧裹在里面的她才是她自己。一顶帽子掉在脚边，她捡起来看，想了想才记起这是萧的帽子。他们去黄河边时她把帽子落在了长途客车上，他随手摘下自己的帽子扣在她头上，心里是怕晒伤了她的脸，嘴上却说："太丑了，遮住点。"

帽檐里是一圈黄色的汗渍，那该是他的汗水和她的混在一起留下的吧。古秀把那帽子凑近了鼻子，一股樟脑丸和烟草叶混合的腐霉味儿钻进鼻子，她顺手把它丢进了水盆里。看着那一堆花花绿绿的衣服，古秀总觉得没有一件是此刻的她能穿在身上的，可又觉得实在需要一件淡色的衣服才不辜负这样的阳光，只得挑了一件鹅黄的开衫薄毛衣穿起来。看看镜中的脸，和往日里僵僵的她还真是有了些不同。

古秀不是一个爱打扮的人，活了这三十年，她还真是没有费心思想过怎样装扮自己。她不知道大家常常说起的女人味究竟是怎样的。在她和萧的恋爱及婚姻里，她不过是靠着本心与他相处。网上说多处几个男人自然就有女人味了。现在想想，或许是真的。没有男人的女人是生硬无趣的，她得事事都要坚强才能把日子过下去，而那些与男人爱着或斗着的女人是毛茸茸的，是在战争中成长，她们知道怎样顺着取胜、怎样反败为胜。这是女人的心计吗？或者这不过是和人性最幽暗的那一部分周旋的策略而已。她所有的真和美在那时都已用尽了。现在只是一只空瓶子，哪怕只剩下假和世故，却还是得把水和泪勾兑起来，刷洗这瓶子，重新做一桩婚姻的事。

撒了洗衣粉没刷几下，帽子就干净了。淘洗净沫子，古秀重新把它送到鼻前嗅嗅，除了洗衣粉的香味儿，什么都没有了。

什么都没有了。古秀重重地跌进了失落里，甚至还有些惋惜。眼泪莫名地就掉下来，一串串的。活一世人竟是这样啊……那些她认为牢靠的东西总是最不牢靠，那些她认为艰难的事情却总是容易得让人绝望。无论怎样绵密刻骨的感情，只要分开了就灰飞烟灭了。分开比想象得容易得多。分开就是即便你命悬一线他却连打一通电话的情分都没有了。而情是什么呢，情是你命悬一线他连一通电话的情分都不会有，你却还会因为洗去了帽子上几年前的汗渍而痛哭流涕，在这样明亮的春日里。

在小梁园门外，古秀拨了胡峰的电话。他按掉，很快就下楼来。太阳斜过中天挑在楼宇的角上，不久就要掉下去了吧。咖啡店的门又被推开，里面是幽暗封闭的通道。

“带我去城外吧。”古秀忽然就这么说了一句。

“什么……城外？”他有些惊讶，问完却也为自己这样问略略有些抱歉。

“嗯。”她被追问得心跳起来。这是我说出去的话吗？我说的是“带我”，凭什么让他带。这算是恳求，还是呼救，或者，他会理解为是勾引吗？他觉得我是一个轻浮的人了吧。

“噢……你等我一下。”他折回里面去结账。

“去东郊好吗？那里有一个水上公园——”等红灯的时候，他问。

“不不……我不喜欢人造公园，太假了。”古秀忙说，“往西走吧……我没怎么去过西郊。”

“哦”，胡峰约略有些不解，却也不多问，“也好，不过那边没有什么可看的。”

“春天了，哪儿都挺好的。”

过了水泥厂过了化肥厂，大块的盐碱地裸露着，一团一团的沙草孤寂而倔强地生长。果然没有什么可看的。随便一处，古秀叫停了车，说想下去走走。

还是这一座城，拆拆修修、竖着长长短短烟囱的一座城。只是没有从这个角度看过罢了。古秀像一团压了多年的棉花一样慢慢被晒得松软起来，她眯着眼看落在睫毛上的阳光，五彩斑斓。五彩斑斓后面是她的宁城。再也指不出她小时候跳沙包的巷子在什么方位了，“包子、饺子，羞了你家嫂子……”儿时的歌谣恍惚浮上来。蓦地，古秀觉得自己是一只被遗弃在窖中多年的苹果，皱巴巴的皮裹住水分尽失的身体。连她自己都差一点儿忘记，在某一年的春天里，她曾是一朵粉白的苹果花。

“城市扩张得厉害。”胡峰也望着眼前的城市慨叹了，“再过几年，连这里也会盖起楼房的。”

“可能吧。”宁城一直是在变的，不过她身在其中，未曾察觉而已。望着满眼的蓬草，古秀想，宁城不过就是在这样的荒芜里生长又寂灭掉的一个个故事。若没有了这些故事，这一座城也不过就是一蓬荒草而已。她无端地想起《牡丹亭》，杜丽娘竟一直不知道还有那样好的一个花园。宁城呢，无园可游，满目黄沙。满目黄沙却偏偏生就了她这样一颗水灵灵的心，谁看她都觉得是南方客居于此的过客。可是她离得开吗，这里有她的童年，有她的父母亲戚、领导同事同学，有她的客户，有盛过她短暂婚姻的房子……她丝丝蔓蔓的半生都在这里了，她离得开吗？

她把医院复查结果递给他看。她想让他踏实，她是可以生育的。

他是她第一个给看这单子的人。是信任，也是不信，若真的信就该信她的话，何必要递单子。他迟疑一下，还是接过看了。古秀反倒放了心。

他简单地看了一眼，就折起来还给她。“你们，因为什么离的婚？”胡峰静静地问。

他问了。他终于还是问了。她被这样问过不止一次了，她每次都强忍着内心的厌恶答一句：“不合适吧——或许是没缘分。都已经过去了。”然后在心里咆哮：“都已经过去了，我不想再说，也不想再想了！让它过去可以吗？你这个白痴！”

而今天，在这个春天，她不再那样想了。她不想再相亲了，不想了。

“他是画油画的，爱上了一个人体模特。”她终于说出了这句话。

说出这句话比她想象得容易。这又是一桩她以为会很难事实上却很容易的事情。“我把之前的房子出租给了外地做生意的人。一年回去收一次房租……外地人不怎么在乎收拾住处，再说又是出租房。那房子已经面目全非了。”她停一下，又说：“倒也好。”

古秀轻轻地吐气，扬起脸来晒太阳。虽然太阳已经没什么热力了。

“你，还相信爱情吗？”

古秀愣住了。她没有想到他会这样问。

爱情……她想起了萧，想起他嘻嘻笑的脸，真诚的脸，无辜的脸，痛苦的脸，布满谎言的脸，流泪的脸。关于爱情，她想不起别的什么。在她三十岁的人生里，他就是爱情，爱情就是他。可这一切跟此刻有一丁点儿关系吗？她遇到的不过是一个提问而已。

“相信。”古秀答。

她能说不信吗？她是答给他的。即使她不信了却还是希望他信。

“那你告诉我，什么是爱？”他抱起自己的胳膊问她。这个马上就要四十岁了的男人……他是在保护自己，还是正打算出卖自己？或许他需要的只是她的一句回答而已。

古秀想想，静静地说：“爱是在对的时刻遇上对的人。信任。责任。不离不弃。”这一刻，她真的是这么想的。

或者她回答给他的是婚姻而不是爱情。可眼下，跑到城外在荒滩里晒那正在滑下去的太阳的他们，需要的不是这个又是什么呢？

胡峰不是一个有太多问题的人。他不再问了，回到眼下。“你的名字起得真好。叫着很顺。”

他会不会也说，我的名字像一首歌？古秀心里忽然一紧。他没有再说什么，她也就松弛了下来。

就算下一个男人依然把你的名字当歌儿唱，而未来会怎样谁又能说得上呢。可无论如何你还是得把路走下去，哪怕明知道今天握住你的这双手明天又会变成伤害，哪怕你战战兢兢只顾着提防而没有一丝安心用来享受这手掌须臾间的温暖，却还是得交出自己的一双手，赌那未知的温暖或伤害。女人真不过是一枚被丢出去的色子，最终会几点落停只有天知道。那些生生死死的爱情，不过是写给闲人们传的故事罢了。可，没有故事的人世，又怎么称得上是人世呢。

一点点风吹过来。暖暖的，痒痒的。

“有一段昆曲，叫作《游园惊梦》。”古秀忽然说。

“唔。”

“原——来——”迎着阳光，古秀轻轻地唱：

原来姹紫嫣红开遍，似这般都付与断井颓垣。良辰美景奈何天，赏心乐事谁家院？朝飞暮卷，云霞翠轩，雨丝风片，烟波画船。锦屏人忒看的这韶光贱！遍青山啼红了杜鹃，那荼蘼外烟丝醉软。那牡丹虽好……

他凑过来捏了她的腕，挨近她。想要将自己贴上那还在唱“那牡丹虽好”的“好”字的唇上。这句“好”要扬起来，要温润宽厚却又慨叹，终于溜低收气，而她更喜欢的是杜丽娘的心性，“那牡丹虽好，它春归怎占得先”，多么自信傲气。而他终是不懂戏的无疑，偏偏在这句唱到半截的时候凑过来。或者他情难自禁吧，他看到的只是一个唱戏的女人，无论她正在唱着的是什么。

这终究是生活而不是戏曲。他的气息逼近，嘴唇被风吹得干裂。陌生的脸，陌生的唇须，陌生的香烟焦油味儿，以及糠萝卜一样正在衰老的、松松垮垮的身躯。

女人活一辈子，不过就是从城东到城西吧。不过是会唱曲的回回唱曲，会舞袖的次次舞袖吗？那些听曲赏舞的男人有多少一时情动，最后也不过是落花流水两相忘，谁能保得眼前这一位就是最后一位呢？

这样想着，古秀觉得，这样的一个自己和青楼卖笑的女子又有多少不同呢。贞洁——二婚的残汤剩饭，还有什么贞洁可言。当她的名字一次次被陌生的声音从电话另一头叫响，当她一次次和陌生的男人坐在咖啡店里，当她和各色年龄的女人一起排队等待做检查、左边的乳房被十几双不同的手捏过，当她被要求脱光了衣服爬上冰凉的手术台、她年轻的脸和一丝不挂的身体暴露在几个陌生男人女人的眼前，当舅妈一次次向别人提起她那已经被割除了的左乳……

我还有什么资格谈贞洁，不可笑吗？这样想着，她闭了眼，决心将自己当作俘虏或牲醴献出去。他触到了她。

而她很快将自己的头低下。这不过是一个必要的仪式。他并不强求，起身站立。有点尴尬地将双手插进裤兜里。

“唱得真好。”他说。

古秀陷入了她自己的空白中。

“我不会唱，就记得小时候我奶奶有时候唱花儿。”他的脸忽然红起来，大约是想唱几句给她听，却终于不好意思开口。“我不会唱……我只记得有这么几句：打灯蛾儿打灯呢，三天不来打听你。打听你在乡里呢，不知道你在哪个庄里呢；打听你在县里呢，不知道你在哪个店里呢；打听你在这世上呢，不知道你在哪条路上呢……”

古秀的泪早已流了满脸。

他一时不知该怎么办，讪讪地说：“花儿太土气，还是你唱的昆曲好听……”

她泪水滂沱。

他看着她的泪如河水一般。他不知道她这是怎么了。

“哎，我不该说这个……”他懊恼地挠头，咝咝吸着气，接着说下去。“跟你比，我是个没文化的人，又不会像年轻人一样唱啊跳啊的。你比我年轻，又漂亮，工作也体面……你脾气性格好，文静。我就是觉得你善解人意，见了几次觉得亲切，好交往……”他看看她，见她还是泪如泉涌。顿了顿，下定决心似的用硬硬的声音说：“你别难过，不愿意就算了……这种事情也不能强求。我的年龄确实也比你大太多了，我知道我配不上你，连我都觉得你嫁给我确实是太亏了——”

古秀站起来，胡乱地抱住他，或者是用他的身体支住她。

她想过，跟了他，她就是从三十岁一步跨到了四十岁，十年的时间都被砍去了。可不这样又能怎样呢。这一具陌生的身体里装着多少她所不知道的人世呢，她所知道的不过是他露在外面的几根汗毛而已。在这春日的郊外，在这座灰扑扑的城，除了他还有别的谁是此刻可以支住她的吗？或许还有，可另一个他和眼前的他真会有多么大的不同吗？这样想着，古秀的腿更酸软了，她的手臂更紧了些，好让他支住自己不跌倒。

“没有……你不要这样说……你的歌词……怎么这样苦……”她的脸埋在他的背上，含混的声音伴着哽咽吐出来，“你是好人……你只是太不幸……”“不幸”这个词一出口，她再也忍不住了，哭出声来。

难不在爱，也不在不爱。难在不想、无法再爱了，却还需要去做成一桩爱情的事。

“你不嫌弃我就好……我是个残废了……”古秀想起了自己荒芜寂寞的胸脯（那里爬着几条蜈蚣一般的术后缝合线），想起了缝在左边胸罩里苍白的海绵。

一些时候，人很容易就死了，比如胡峰的妻子和女儿。一些时候，人却怎么也不肯死掉。刀割都不会死，缝住了还是活下去。心死死的了，人却还是那么活着，一直活下去。

一周后，古秀把那条月白色的吊带裙寄了出去。地址写的是萧读大学时候的宿舍，而寄件人地址留的是她大学时候的宿舍，寄件人姓名是：古亦萧。临了又用粗笔写上：“投递不顺，无需退还。”看着工作人员将袋子丢进了绿色的邮筐，她觉得一个久已消散的自己也同时被丢了进去。半个古秀站在柜台外，远远地看着那半个自己被更多的包裹覆盖。

走出邮局，门外耀眼的阳光几乎再一次将她扑倒。在嘈杂的人流中她拿出手机，拨通了胡峰的电话：

“带我去城外。好吗？”

“我先接你来旧厂房这边好吗？”胡峰的声音响在她的耳边，有一些兴奋，“我做了一个木匣子，上了漆，打算给它们换新房——它们这会儿刚好出去了。”

他说的它们是一对鸟儿。它们在他搭的小温棚边一处旧厂房檐下安了家。上周末从西郊回来，他带她去了他的小温棚，真的很小。可她吃到的那些草莓和荷兰豆都是这里长的。就在她弯着腰钻出了温棚的时候，一阵明亮的叫声传来：

“叽叽——叽——”

她的心猛烈地跳动，抬头便看见一只剪去了一面的矿泉水纸板箱里，两只俊秀的小鸟并排站在里面，欢喜地叫着：“叽叽——叽——”

胡峰笑笑，问她：“你也爱鸟吗？我用纸板箱做了窝给它们。”

“不是……”古秀痴痴地望着它们。“是你们吗……”

“呵呵，难道你们认识啊？”

古秀被问住了，回头愣愣地看着他。“我也有过这样的一对鸟儿，它们年年来陪我。”是啊，这些年里，除了它们和她朝夕相伴，还有谁呢？“可是，今年却迟迟没有来……”

“那你过去认认，看是不是它们啊，呵呵。”

古秀走近几步，又怕走太近惊了它们。她就那么站着，望着它们。它们也望着她，“叽叽——叽——”

“怎么认得出来……几年了——我只听过它们的叫声……”

胡峰转身去扎好栅栏门的绳子，一面跟她说：“那就当它们是你的旧相识吧，尾随着你搬家了。”

古秀的心被攥了一把。她回头看他。

一个叫胡峰的男人正弯着腰，撅着有些肥大的屁股，专注地扎一根入口处的绳子。

2013.5.8

黑 白

你把我从野地里救起

又看着我，再一次

从你的怀里死去。

——题记

“出去吧，有事叫你。”男人坐得笔直，垂下眼角微微点头。

“好的，先生。”侍者说着弯腰退出包间。

过度夸张的朱红色包间门一关上，男人便塌了腰松松垮垮地坐在椅子里。他从椅子的扶手细细看起，随即起身去摸那尊一进门就吸引了他注意力的青铜雕塑。那是一尊女性雕塑，健美的双腿腾空跃起，手臂配合着身体摆动，浓密的长发火焰一般向后燃烧。他弯曲食指用指甲叩了叩雕塑的底座，又伸出手去将手心贴住壁纸直滑向窗边。窗帘凉滑的料子落进手中逗得他手心发痒。那感觉深入刺激了他，使他本能地攥紧窗帘上一小块抽象的色块。越攥紧那窗帘反倒越显得轻薄，它的纤细和精致远甚于他这只人类的手。

“上流社会的窗帘。”他在心里狠狠地说。

即使不说话，它也能够用它难以读懂的抽象图案和精良的质地轻松嘲弄这个不久前还在街头卖唱的流民。

哆哆哆，小心的敲门声响起。男人闻声即刻转身，故作随意地将双手搭在身后。朱红色大门被推开，“您这边请。”侍者说。男人在慌乱中想好了对答的话。

一位女士走进来。

男人一面向门边走去，一面很有分寸地伸出手去，嘴里说着：“幸会幸会”。两人的目光在空中撞了一下又错开，转而都换上一种滴水不漏的眼神再次相遇。他浅浅握住她的手又说一遍：“幸会”，然后很绅士地帮她拉开一把椅子请她落座。

四名侍者候在两旁，男人恰当地开着时下流行的玩笑。各自要了一杯餐前饮品后，男人再次请侍者出去等候。朱红色的门又合上了。

“不是让你等一等再进来吗？”男人换上另一副表情说。

“我看见几个人朝这边走，以为是他们——我想第一次见面，晚到不大礼貌。”

“你这样跟一起进来有什么区别？”

“……”

“你要说她们几个看见我们不是一起来的，是吧？她们就是一群服务员，她们看见看不见有什么用啊！”

“就算是一起来的又怎么样？我们的角色、戏份相当，又在上一部片子里认识了，一起来不是很可能的事吗？”

男人安静下来，觉得女人说得有理，就不再说什么了。

女人温柔地叫男人：“我们还是我们，我从一开始就觉得我们没必要这样……”

“请看看这份水果拼盘，它像不像是——”男人用新学的动作摩挲着自己的下巴，“像不像是被甩到墙壁上又掉下来的一张沙皮狗可爱的脸？”

女人皱皱眉，低下头把粉红色的吸管含进嘴里。男人没有得到回应，也塌了腰把下巴支在餐桌上，转动玻璃桌瞪着眼看几份摆好的凉菜在眼前旋转。忽然，他伸手抓起一块熏鱼塞进嘴巴里。

“你干什么啊？”女人警惕地朝身后的朱红色大门看一眼。

“吃肉啊，干什么，你以为那些人来了会关注盘子里的菜有没有被人夹走一块吗？”男人说着，甩开嘴巴嚼那一块肉。女人厌恶又无奈地转过头去，她讨厌他这副样子，品牌休闲装精良的质地裹不住他街头乞丐的气息。他毫不在意，生怕那气息不够劲儿似的。

“去他的，老子攒够了钱就去买腿！”他用手掌抹一下嘴巴补充道，“去国外买。”

女人疼惜地看着他。“别老想……没风的时候啥也看不出来。”女人故意说“啥”而没说“什么”。

“那有风呢——有风的时候怎么办？！”他说着，调高空调的风力，跳上了身后的飘窗。

“有风呢？”他复仇似的撩起水洗牛仔裤的裤管，露出那骇人的麻秆一样皮包骨头的小腿。“有风呢？”他低头看了一眼，又丢开裤管。空调正对着这个站在窗台上的人吹，他的裤子像要被风吹走了，却又被套在裤管里晾衣竿一般的腿扯住了。

“看不出来吗？啊？看不出来吗？我他妈的就是个残疾人！残疾人！”

他压低了声音咆哮着，在空调风中发抖。

借着窗台的高度和空调制造的假风，他梦魇一般看到女体雕塑向他迎面奔来。从她燃烧着往后飞扬的头发中，他感到了她的速度。

那是令他绝望的健美的速度。

女人疼惜地牵住他的裤脚，乞求他快点从窗台上下来。

男人和女人现在是演员。

虽然迄今为止只演过两部戏，但他们目前差不多以此为生，说他们是演员没有什么不妥的。在剧组，他们和一个下午两百块钱临时雇来的群众演员没有什么区别，但他们的名字毕竟在两部电影的演员表字幕中出现过，还拍过一支公益广告。男人把他们各自的名字输入百度或谷歌里搜索一下，会看到有人把他在梧桐树下唱歌的剧照拉成窄窄的一条贴在了博客影评的文末，而女人单手抱着一只扎了粉色彩带的大礼盒站在玻璃幕墙下的剧照也被截了出来。不得不承认她很上镜，那张原本温婉秀美的脸在上了淡妆之后很有现代美感，她习惯性微张的嘴唇比他所熟悉的更显小巧柔软，男人不由得泛起一股本能的幸福和骄傲——他是这世上唯一亲吻过这嘴唇的人。未来或许会有寂寞的人亲吻她冰凉光滑的剧照吧，但这又怎样呢，他不介意，反而因此更感到骄傲。

这是他见过的最完美最动人的剧照。此前他从电视、墙面以及电脑上看过的所有海报、剧照都相形失色，像皮屑一样从记忆中散去了。他像大部分人那样畅想、规划了很多，这些畅想在向前延伸的某处总会被同一个理由砍断。男人攥紧拳头，颤抖着闭上眼睛却没有一点点办法。

一个只有俊美鼻子和忧郁眼神的残疾人在竞争激烈的演艺圈究竟能走多远呢？

当然，两年以前他不用被这个熬人的问题纠缠。他不过是一个在街头度光阴的流浪歌手——如果人们出于对生命的起码尊重而不叫他乞丐的话。那时候纠缠他的是另一些问题：地下室的租屋到期了，三轮摩托的油箱漏油了，妻子急需过冬的棉衣和棉靴，她的咳嗽病又犯了。有一部分麻烦在他没有妻子之前不会来纠缠他，但那时候啮噬他的是绵延无尽的孤独，白天在街边看滚滚人流，没有谁与他有关；晚上回到沉默的租屋里听门外的问候或争吵。他像正常人一样渴望着爱情，渴望一个美丽姑娘的温柔，不过他的渴望比大多数人的更无望一些。那时候他没有想过女人也可能带给他烦恼，就像没有想过有一天会成为演员。

人活着就得被各种问题纠缠吧，虽然有些时候会真的得到你内心渴望的，比如他得到这个女人——她比他渴望得还要漂亮，还要温柔。生活甚至还给你没敢渴望过的，比如成为演员。现在，他得到的远比这更多，但他又被新的问题困扰了。

还得从那个秋天说起。他像往常一样骑着旧得不能再旧的三轮摩托出门，车斗里是他的女人、灌了开水的铁皮暖瓶、两只折叠凳和麦克风、音箱。下午的时候，他端起那只从批发部要来的可乐箱子换了另一条街。纸板箱里只丢了几张灰绿的一块钱和一张显眼的五块钱，男人看着非常可乐包装箱外那根翘起的大红色拇指，默默祈祷下一条街能有好运气。

好运气真的就被他赶上了。一个穿着布满方兜的马甲的男人转着圈看他，然后将一张红色的一百元伸到他眼前。他伸出手去接钱，一边弯腰鞠躬并在两句歌词之间插进一声："谢谢，好人一生平安！"马甲男人盯着他的眼睛松开中指和食指，纸币坠落在脚边。

他的眼睛里闪过一些内容，动静并不很大。几秒钟后他弯腰，将纸币捡起来放进纸板箱，又说一遍："谢谢，好人一生平安。"然后换一口气继续唱歌。

后来，这个穿马甲的制片人告诉他，他眼睛里那些动静不太大的东西正是他要的，他停顿的那几秒钟也正是他满意的时长。他当时就要带上他去片场，男人毫无目的地问了一句：

"能不能带上我妻子？"

他扭头看看妻子。女人从裹起的枣红色围巾里露出半边脸，看看丈夫又看看马甲男人，伸出一只手把脚边的纸板箱往身前勾了勾。

制片人点一下头同意了。

街边少了一对乞丐或者叫作卖艺人。剧组没有人在意多或者少了这样两个演员，但他们自己在乎。一星期后他们拿到了现钱，第一次住进了能照到阳光的出租屋。

男人觉得他们应该致力于演艺事业，争取认识更多的制片人，而女人认为这种事是靠运气的，还是利用手头的余钱做个小买卖更踏实。男人觉得女人太没眼光，又说他那样的腿脚能做什么生意呢。只是接连三个月找不到任何当演员的机会时，男人也会很心慌。只得重新骑着三轮车像以前那样卖唱，他学了些新歌，也不再穿破旧的衣服了（还有意无意地用半新的长裤遮住细麻秆的小腿）。他看起来更像个真正的卖唱歌手了，但纸板箱里的钱并没有比以前多，反而有点少了。

“今天的歌选得不对。”傍晚回家时，男人收拾着非常可乐的纸板箱对女人说。连着几天都是这样。

女人说，以前多是因为别人同情我们。男人很厌恶她这样讲，非说是歌曲选得不对，又说他最近抽烟太多了，嗓子有点变哑了。女人顺从地笑笑，不再跟他争执，只是在有人驻足时慢慢将自己残缺的左臂露出来。她这样做时得尽量避着男人，他现在不喜欢她向别人露出那一截残臂。

一天晚饭后，女人倚坐在男人身边试探着说：“你有没有觉得你和从前不大一样了？”

“有吗？”男人拿过烟盒抽出一根烟点起来，“有什么不一样的，还不就是过日子呗。”

“没有就好。”女人像风中的一束麦子那样靠在了男人的肩上，“我们这样就很好。”

千里姻缘一线牵，这个女人是他在路边认识的。她面容姣好，身材匀称，穿着朴素干净的衣服挨个在街边的垃圾桶里翻矿泉水瓶子。他很困惑，为什么这样体面的一个女子没有一份和她相称的体面工作。直到有一天，他整个上午都没有挣到几块钱，沮丧得连午饭都不想吃，她伸手递给他两个热包子和一杯豆浆。

她用小指勾着塑料袋，包子的热气在塑料袋里面结起一层水汽，余下的手指握着盛了热豆浆的橘红色纸杯，拇指和食指间还夹着一只吸管。

后来无数次回忆，他都清楚地记得那是怎样一只纤细温柔的手，连小指上细密的纹路都记得清清楚楚。

这手美得突兀、惊悚——因为她的手腕陡然间变细，像一截麻秆。她将吸管举到他眼前，粉红色的袖口远远离开了手腕。

那失去了遮蔽的手腕让左手美得孤立无援，让她整个人都显得孤独。男人的心被什么狠狠烫了一下。

那是他再熟悉不过的细。肌肉萎缩症独有的细。那是他永远无法摆脱的绝望，此生最简洁准确的概括。

他们恋爱了，并很快结婚。在民政局庄严的大厅里，他们各自用右手捏着大红色的结婚证放在胸口，留下珍贵的合影。他英俊挺拔，她温柔美丽，工作人员像祝福每一对平凡幸福的新人那样祝福他们。

男人那被青黑色树皮紧紧包裹着树身一般的单调生活一去不回了。女人是一株开满花朵的柔软藤蔓，静默而绚烂地装扮了他干硬无趣的人生。寒风中，微雨里，烈日下，薄暮时，她多数时候不说话，只是在他回望时用柔软的眼神回应他，或者将手塞在他温暖的裤兜里，顺从地跟着他东边西边地游走。男人浑身上下全身内外都盛开幸福的花朵，他在车流如注的街头张开宽广的双臂拥抱她，或在路人三三两两的注视中俯下身，亲吻她孩子一般天真的额头。

“一个要饭的说他感到幸福，会不会被人耻笑？”他一手拿着麦克风，一手将她揽在怀里问。

“不会。”女人像嫩黄的小鸡一样从他的怀抱里仰起脸来望着他，“人们会羡慕。”

男人疼惜地抱紧她，在路人丰富的眼神中将鲜亮的亲吻印在她的腮边。“爱你让我圆满。宝贝。”

一片绯红从女人的脸上掠过。她打理着娇羞和幸福，让更多的信心浮上来，翘起嘴角回应他：“爱你让我勇敢。”

年轻的恋人手挽着手在他们的纸盒子里放下几块钱，他们相互点头，为彼此的甜蜜奉上真诚的祝福。男人也会带着女人去公园里卖唱，男人越来越从内心里觉得他们和湖边散步的恋人们是一样的，听到恋人们互称亲爱的宝贝，女人会和他相视一笑。有一次，听到有个女孩儿对男孩儿说：“你就像是我的冻耳朵，再丑再痒再疼也是长在我身上的，绝不能把你剁掉。”

女人听着，回头轻声对男人说：“不剁掉算什么爱，敢剁掉才算爱。”男人一愣，捏捏她的脸蛋儿说：“我的小傻瓜。”彼时夕阳正美，她身后的人工湖波光潋滟，连同她明亮的眼眸一起落进他的眼睛。

她第一次在阳光下看他的残腿是在第二年的盛夏。

她穿过好几回裙子了，才发现他还穿着长裤。她责怪自己太粗心，忙花了比裙子贵两倍的价钱买回一条黑色的中裤。

“喜欢吗？”

“喜欢。你买的我都喜欢。”男人说着打开来，见是一条中裤，他愣住了。

“怎么了？不喜欢这颜色吗？”

“……不是。”

“快穿起来让我看看。”

男人不肯，女人坚持。

“我只穿长裤！”男人下结论说。

“对不起，是我太粗心。天热了我该早点给你备下的。”

男人还是不肯，女人当他是赌气，依然坚持。女人的坚持像一壁又一壁霍然立起的围墙，他感到逼仄，孤单。男人捽了一把裤子，进屋，很快穿好，站在她面前。

阳光明亮。男人看见女人毫不费力地踩着一壁又一壁坍塌的墙，走向他，像往常一样温柔。她蹲下来，欻欻捋着他的裤腿儿，温柔地叫他："你觉得合身吗？是不是有点宽了？"

男人绷紧了自己，一声不吭。他的两条细麻秆腿困在辽阔的裤管中，滑稽又可怜。

"你的腿这么细。"女人亲昵地说着，伸手握住了那一截冰凉的骨肉。

男人战栗。他攥紧拳头仰起头沉沉地问："这下你满意了吧？"

"嗯，不太满意，有点宽。"女人平静地说，"你脱下来吧，我去换条窄一些的，我跟老板说好的，不合身可以调换。"

"你诚心的，是吧！"男人抡腿甩开了女人的手，"这世上就没有我合身的裤子！"

坍塌的墙壁被他一声喝得瓦砾飞溅。他看见飞起的瓦片划过他的细腿留下几道白印子，看见她的眼角被划破，渗出细密的血珠来。

他连流血都不能。她鲜红的血在嘲笑他。男人受不了这样的嘲笑，他还击道：

"我是一个残疾人！"

说完这句话，他的嘴里立刻呛满了火药粉，"我七岁时被车撞了没钱治，留下了一条狗命，两条腿却越来越细，后来就成了这副德行，成了一个可笑的残疾人。我七岁之前是一个穷鬼的穷儿子，七岁以后成了一个要饭的残疾人！你满意了吗？啊？你满意了吗？”

“这有什么。”女人又一次蹲下来握住他的细腿，并上下摩挲起来，像在抚摸一只贵重的瓷器。“长在你的身上就是你的腿。别人的腿是比这粗一些，可那跟我有什么关系。这世上只有四条腿与我有关，两条是我的——”女人挽起裤子拍拍自己圆润白皙的腿，又摸摸男人的，“还有你这两条。”

男人在烈日下摇晃起来。两汪泪水火一样烧着他的眼眶。“你不懂的……”

“怎么不懂？”女人站起来，眼角的血珠已经被晒干了，亮晶晶地晃着他的眼。她挽起左袖露出那一段细麻秆一般的小臂，“你看，我不是也有吗？”

男人看着那一只灵秀的左手在他眼前倔强地炫耀它孤独的美丽。

“不是我不懂，是你没有将我心做你心。”女人的眼神是两股温柔的泉水，漫过他。“嫌弃它们就是嫌弃我自己。”

“我的心嫌弃自己吗？”男人想。

女人跪下，用脸颊和嘴唇一寸寸抚摸、亲吻他的细腿。

男人泪流满面地跌倒，狠狠把她揽进怀里。

这个女人，她是她，还是我自己？男人想不明白。

日子就这么过下去，男人在街角唱歌，女人在附近捡瓶子。

中午的时候，女人买来最便宜的饭菜和男人一起吃，她把青椒丝夹给他，他把胡萝卜片夹给她，偶尔会有一份荤菜。

路人说，真可怜。

路人说，假装的。

路人说，真感人。

路人说，哇哦，行为艺术啊，我也想要这样的爱情!

路人说，这么漂亮，何苦呢……

一天晚饭后，男人看着女人麻利地收拾碗筷。他对她说："你这么戴着套袖干起活来，就像个好人一样。一点儿也看不出来。"

"你坐下唱歌的时候还是跟好人一样。还有，骑摩托车的时候也是。"女人笑着。

男人苦笑着摇摇头，"我比你明显多了。"他想了想又补充道："你若是没跟我在一起，别人几乎看不出来——可你跟我在一起，就容易被发现多了。因为，人们首先会想，这样漂亮的一个人，为什么会跟他在一起？这样一想，就会观察你。"

女人停下手中的抹布，坐在男人对面。她看着他的脸，温柔又认真地问："你是不是觉得，你和我是不平衡的？"

"没有……也不是啦。"男人调整一下坐姿，"就是随便说说。因为我，你比原本的更容易让人看出来——就是，我比你显眼些。"

女人攥着抹布，没再说什么。

半夜的时候，男人被一阵响声惊醒。女人的半边床铺空空的，填补这空旷的是她的呻吟。男人惊起，开灯。

女人蜷缩在地上，一柄斧子卧在她脚边。骤然被强光刺激了的男人的眼，在闪电一般的光亮中看到一只美丽的手。一只彻底孤独的手。它像一只眼睛永远地闭上了，再也不会看见她。

而他看见它。看见一只眼睛永远无法再张开。

“你疯了啊？你会痛死的！宝贝……你疯了是不是……”

“看”，她浑身哆嗦，翻转着被砍去了萎缩部分的小臂，“我知道，你不喜欢看见它那么细……”她努力捕捉着这个除去了“细”却短了许多的自己。

“你傻啊……你把自己漂亮的左手剁掉了，你就真的是残疾人了……”男人痛苦地抱着她，试图箍紧她以终止她的颤抖，“你穿长袖的时候没人知道你是残疾人啊……”

“可是，你知道……”

“是……只有我知道。是你告诉我的……”男人落下泪来，“其实你的比我的难发现得多啊……傻瓜。宝贝……”

她睁大眼睛，咂摸他的话。良久，说：“那就让我比你更显眼吧。”

他错愕地看着她，心里忽然很不应该地想：“这个女人……或许她是个疯子。”

“爱你让我勇敢……”女人浑身颤抖，像一台即将碎裂的失控的机器。

他不知道自己为什么要泪如雨下。

“你说过，爱我让你圆满。你说，你再说一遍给我听……”

她把颤抖传染给了他。或许是那颤抖让他无法完整说出这句话。他拥抱她，像是拥抱恐惧的自己。想到未来，一种无从讲出的愤恨忽然在他心中升腾，“跟一个没手的人在一起，路人岂不是更容易发现我是个残废吗？”这想法无情得像是陌生人硬塞给他的。他狠狠地、绝望地抱紧她。

疼痛让她裂成几段。她在那碎裂的几段里分别努力着，却听不到他说那句圆满。每一段她都在疼痛变成麻木的间隙里问那个依然在某处完整存在着的自己：“为什么在他心里，永远是他和我，而不是‘我们’？”

时间冷漠又隐忍，高高在上却涂抹着人间的一切。人们常常抱怨它改变了这个改变了那个，带走了这些又带走了那些。可当人猛然醒来，才发觉真正让你难过的恰是：它没有带你走而是将你留在了原地，那些千真万确被改变了的也不过是它呈给你看的另一重现象而已。

女人和男人的日子还是那么过下去。原本拎在左手中的袋子现在挎在了女人的左肘腕处。

老太太说：“咦……天可怜见的，活着有个啥奔头呢！”

老头说：“弯刀对着瓢切菜，能配到一起也算是缘分了。”

孙子说：“老师说，要做对社会有用的人。”

男人的微笑比以前少了。没有参演机会的时候他常常是沮丧的，偶尔争取到一次又异常焦灼。有一次，在戏里演一个初出茅庐、不招待见的演员，他和剧中扮导演的演员起了冲突，起初导演只是提醒男人不要抢戏，几次之后就将他辞退了。

男人回到家大骂导演是狗屎，女人劝说，被人家雇去就该听人家的意思，实在不行不去也就罢了，该做什么还做什么，何必这样生气。男人转而对着女人吼：

“你懂什么！”

女人怔一下，紧紧抱住他，喃喃道：“别吼我，别吼我，我害怕……”

她有力的右手和那戛然而止的左臂使他落入了一个倾斜的拥抱。男人转了脸色，回抱她：“对不起我忘了……别怕，是我。是我。”

夜沉得像一坨烧不熔的黑铁。女人在黑色的坚硬中醒着，抚摸男人沉默的胸膛。男人一直假寐，直到忍受不了她左臂门闩一般的划拉。他握起她的左臂，在肘弯处亲吻一下，将它放回她身体的左侧贴紧。女人将这当作回应，她重新将他缚进倾斜的拥抱，一边用脚摩挲他的细腿。男人浑身的毛孔都收紧了。一声闷响传来时，他才明白他将她踹下了窄床。

他没想过要那样做。

女人被黑铁吞没了，悄无声息。是寂静扎醒了男人，他叫她，带着些慌乱地伸手在床下抓摸。他摸到了她凌乱的头发和温热的肩膀，叫她上来。

女人不动，沉静地说：“你跟以前不一样了。”

“我不小心的。快，我扶你上来。”

女人不动，背台词一样说：“你，跟以前不一样了。”

“快起来，地上凉。”男人抓着她的肩膀用力。

女人陷在自己的黑夜里，再一次宣布结论：“你跟以前，不一样了。”

“还有完没有！”男人松开了她的肩膀，“我怎么不一样了？啊？什么不一样了？没完了啊你，大半夜的你当这演戏呢？”

女人从黑夜里陡然站立起来，咆哮着扑向男人：“不要对我吼！”男人猝不及防被扑倒。

“我告诉过你不要对我吼，我跟你说过你怎样都可以，就是不能对我吼，我最怕的就是这个，我从小时候被当作扫把星丢在路上以后就被吼怕了。我在店里被老板吼，逃出来以后被野狗吼，摆地摊的时候被城管吼，我被吼怕了。你知道的，你明知道我最怕被别人吼，可你还是吼我，你诚心的，是不是？你现在为什么变得这么恶毒？”

“对不起。”男人用拥抱捆绑她，“对不起……我爱你。”

“你从来就没有爱过我。”女人哽咽着，她被自己讲出的结论砸伤了。“我第一次跟你说话就用左手把包子豆浆递给你，而你呢？为什么结婚那天晚上你一定要先关灯后脱裤子？”

脱裤子。这在她的词汇里是一个肮脏的词，她从来不使用这样的脏词。

“别这样……”男人拍着女人的背帮助她冷静下来。“你这样我觉得好陌生……对不起，是我不好。”

“为什么？为什么？”

男人狠狠抱紧她。他不能把她推出去，或许只有把她抱进自己的身体才能暂时地摆脱她。

他们走上了一段陡峭的下坡路，一旦开始往下滚就很难再停住了。吵架从床上延伸到了街上。在他们曾经亲吻过的街头，他们争吵；在曾经拥抱过的公园，他们用漫长的沉默扼住对方的喉咙不肯松开；在卖唱的间隙，烦腻和指责代替了含情脉脉的对视，男人越来越讨厌女人把捡来的脏瓶子堆在他的音箱旁边。

“你觉得哪儿合适就放哪儿。”女人垂着眼皮答道。

“动腿脚的事儿你不比我方便？”

“我动一下比你方便怎么了，你搬一下不比我容易？”

“这堆破瓶子是我捡回来的啊？”

“我捡回来的不是一堆破瓶子是你明儿的早饭。有本事你多挣点儿。”

“你不就想说我是残废么，直接说啊，绕什么圈子，你以为你是完人啊？”

“我是残废！”女人吼叫起来，嘴唇颤抖，“我没手！你还有点良心没有？我怎么没的手？”

男人不吭声了。但又不肯这样认输，嘟囔着：“我搬我搬……神经病。”

“你才是神经病呢！”女人拿起一只瓶子嘚嘚嘚地敲着地面，“你才是神经病呢！”

男人憋着气搬了几回，女人还是敲着骂个不止，他夺过女人手中的瓶子狠狠敲着叫：“敲什么敲啊，有病啊你！”

“你才有病！”女人夺过来瓶子一字一顿地敲，“你有神——经——病！”

路人经过，见两个人在抢着敲瓶子，撇嘴道：“两个神经病。”

“听到没有，啊？人家说你神经病哎！”男人夺过瓶子敲着问女人。

“你听清没有啊，人家说两个神经病啊！”

“两个哎，你也是哎！你以为你不是啊？”男人敲太重，矿泉水瓶红色的盖子忽然飞出去，落进一位母亲的怀中，怀里粉嫩的孩子哇哇哭起来。母亲心肝肉儿地哄着，一边唾骂着走开：“有病啊？”

“神经病！”男人和女人合唱一样响亮干脆地答道。

他们被突然降临的默契吓了一跳，等明白过来时都憋不住笑起来，“啊哈哈哈哈……”

“你承认你是神经病啦，啊哈哈哈……”

“我说的是你哎，你自己承认了啊，哈哈哈哈……”

“……”

“……”

他们笑得在路边翻滚，笑得肚子痛，笑得流下泪来。

“我们是两个神经病啊，哈哈哈……”

这一条下坡路上，这样响亮的笑声会越来越多的吧，就如同夜晚的争吵。争吵是一种关系和激情，哪怕它散发着难闻的气味，总还是实在地呈现着一种关系。怀抱毒蛇比怀抱空气更容易获得存在感。总有一个人先忍不住，有时候是男人，有时候是女人。他们想要找回点什么来填补寂寥空虚的夜。

寂寥本身并不可怕，可怕的是它作为某种征兆而出现。他们被可能的丧失吓得乱了阵脚，不知不觉中已化身为有勇无谋的战士。

她躺在被窝里，幽幽地说："自从当演员红了，你就不爱我了。"

"我没有。"

"你有。"

"我他妈没有！说几遍你才够啊？"

"还说没有！你又对我都吼起来了。我告诉过你我不怕冷不怕饿不怕黑就怕被人吼——我就知道，我原本就不该把这个告诉你……终有一日你知道我最怕这个，你就会拿这个来害我的。你现在害我一害一个准！"

"我说多少遍你总问啊，我还能怎么办？我爱你我爱你我爱你，我爱残疾人！"男人再一次睁大暴怒的眼睛，"瘸子残废爱断肢残废，我爱死你了！够了吗？够了吗！"

"……"

"……"

长夜漫漫。接下来是白天，然后又是黑夜。终于有一天，男人说：

“我们分开吧——”

他吐出的是一枚钉子，把弥漫在心头烟雾般的鬼影钉在了墙上。鬼影像鲜血淋漓的兽皮一样在时间里变得具体。说不上哪个更恐怖。男人忘记了或从未知晓，他们此前化身为战士的目的究竟是什么。

“……”

“我们为什么就不能分开一阵子……”

争吵的恶臭残留、堆积，痛苦具体而紧迫。

“我是为你残的……我残了，你就要跟我分手了。”

“不是……我是为了事业。”

“……你信吗？”女人的聪明与愚蠢像肉体与影子一样亲密无间。

“信！你从来就是残的，怎么叫为了我？”

女人的眼泪汹涌而至。“如果我有手，你就不会要分开了是吗？”

“是！”男人眼睛里是一派不顾一切的激情。他嘴角颤抖，像小时候决定背着大人独自去水库探险时一样，心抵着嗓子眼儿跳。

“想想吧……”女人陷入对往事深情而绝望的回忆。“如果我有手，我怎么会和你走到一起？我又怎么会知道你的心是怎样一种苦法？”

“……”

月光下，她忽然狠狠撕啃左臂裸露的骨头。一小片骨膜被啃得卷起来，掉下，像人们啃猪骨时常常发生的那样。

“你干吗啊？！”男人被吓了一跳。他看见她瞪着眼，仿佛在啃他一般。

“我残了，你还这样对我……”女人哽着气，垂死一般地说。说完她又啃了一口，那神情分明是在啃他。

他吓得抱紧她，仿佛她真的啃到了他。而他不能躲闪，也不能反抗，只有将她抱进胸膛才能终止这一切。

“我们……我们——”女人像山峦一样在黑夜里沉吟着隆起，从他的怀里隆起。继而变成了一头狮子——她从来不知道自己也会是一头狮子。

而在他那里，他即刻断定这个女人的本质就是一头狮子。这不过是一头在他面前掩饰了这么些年的狮子。现在，她不再掩饰了。他从内心里感到后怕。

女人或者狮子般继续咆哮：“你从来就没有爱过我，你爱的只是我健全的双腿！骗子！”

他想想她的话，愣住了，对面是一头狮子。但很快，他就为对手找到了答案：“你也不是为了我而剁手——是你自己受不了那一截陡然变细的胳膊！”

她听着。眼泪忽然就不流了。两道泪痕如火一般地灼烧着她的脸，灼烧她的一切。所有可能的语言在没有出口之前就被烧为灰烬，坠落在渐渐沉寂下来的夜里。

她低头，专注而贪婪地对待左臂的缺口，啃咬，咂吮。如一头真正的狮子那样。

男人坠落在墙角的阴影里，和月色下的女人坐成两个黑白对照的符号。他们不过是卑微生活里的乞食者。或者为了给他们起码的尊严，叫作卖艺人。此刻，他们镶嵌在这无色静默的画面里，简洁单调却浑然一体。

只是没有观众，没有人付钱。

2016.11.12

痒

最后一辆白色越野绝尘而去，留在视野里的备胎怎么看都像是一张笑歪了的嘴。拐一个弯，那张嘴终于消失了。两个人同时回头，有些尴尬地对望了一眼，都觉得这样的目送过于庄严和长久了。

“他们明天什么时候来？”

“不知道……”

一场平平常常的小聚，竟然这样结了尾。

吴媛和秦博是同级不同班的校友。在这么一个小破地方，身边七七八八的人总会在某一天忽然发现张三和李四竟然是五代以内的亲戚、曾在同一所幼儿园喝过米汤，甚至被同一个假扮盲人的老头儿用同样的方式讹了钱。身边的人浮浮沉沉来来去去，这么多年下来，竟只剩下他俩没有离开家乡去外地。原因很简单，他们俩学习太好了，初中毕业就考上了中专，随后毫无悬念地被分回老家的县城。看着那些学习比他们差的人也回炉两三遍成了大学生，心里总是被什么东西奇怪地揪着。后来就躲躲闪闪地函授了专科、本科，等文凭到手的时候，从没听过名字的大学里毕业的本科生已经满街跑了。这些都不重要，毕竟比成绩的日子就那么几年。

重要的是，他们至今没结婚。

就算他俩有再多的不同，在同学聚会的场合里也显得很相同。厌烦了婚姻束缚的男生满脸油汗，赛着讲黄段子，以兼具隐晦和重口者为上品；女生也不甘示弱，妙语如同紧身衣勒不住的赘肉，一茬接一茬地附和、调侃、反击。只有吴媛和秦博浅笑着，不接招，也不出招，甘愿隐遁。

“别说了别说了，爱惜未婚青年！”

“媛儿是好媛，嘿杰子，你就别装纯了行不？哥都看不下去了！”

“媛儿好什么好！姐给你说句真心话，女人比不得男人，再脆的梨也有皱的时候。什么爱情，都是扯淡，有钱、听你话才是真的！”

“同学是啥？没有血缘的亲人！我是今儿来相见的亲人里年纪最大的，我撑个大辈儿亲人。你俩给我听好了，别像两棵臭烘烘的旱地大葱似的杵着了！中学生人家那叫清纯，你俩现在这德性，再纯也称不上清纯了，我真想叫你们俩臭纯——臭大葱的臭……谁也不准跟我急眼儿，亲人我不是喝多了说醉话，是跟你们掏心肺。该娶娶，该嫁嫁。人生苦短，熬个什么劲儿呢！”

恼也不是，笑也不是。家里待着憋屈才跑出来参加所谓的聚会，谁承想出来更郁闷。撑不住也得撑着，下次不来就是了。不来？不来会有人开车去你家楼下接，你今儿加班聚会时间就改明儿，你这月出差没关系，下个月接着聚，你买单。何况，离了他们，也就真没什么圈子可交往了。

“什么叫没有合适的，我看你俩就挺合适！”

没有人不尖叫，没有人不起哄，分分钟气氛就变得像闹洞房一样热烈了。他们的尴尬，恰似一对新人。众多美妙的方案里，这一个被选中了：扔到白马水库聊一晚上。

“咱能不瞎掺和吗？大辈儿亲人？你个老土的，人家这叫个性解放独立自由！你看人家发达国家，结婚率噌噌往下掉，离婚率嗖嗖往上蹿，人口出生率急得总统嗷嗷叫，谁家生娃给谁发奖金。媛儿和杰子这叫赶英超美，妥妥的是时代先锋弄潮儿！”

“打住——发达国家啥氛围？日本性工作者享受法律保护，美国人管爹不叫爸叫汤姆——咱这儿，买盒避孕套都不好意思去小区门口的药店！”

“看个电影儿也比参加国际电影节的版本短那么十来分钟……所以流行讲段子嘛！”

“弹幕脑补嘛！没吃过猪肉还没见过猪散步嘛！”

“这事儿……没吃过猪肉的还真不行哈哈……杰子，坦白从宽抗拒从严——”

吴媛觉得透不过气来，有点晕车似的，她轮换着掐双手的虎口。“媛儿，别理他们，哪次见了都是这么疯！”吴媛忙摆手说没事儿，“喝了点儿酒，有点皮肤过敏。”这么说着，下巴上就真的起了一小片红疹子。忍不住抓一下，又烫又痒。

白马水库离城几十公里，前些年有水的时候还有人来钓鱼，如今水枯了，既没有白马，也没有水库。亲人们说，这儿就是咱的桃花源，天高地阔的全世界就剩下你俩了，有啥沟通不了的呢，好好儿沟！吴媛想起前些年底气十足地说：“秦博？全世界就剩下他一个男人我也不会嫁他的！”秦博更是痞得让人厌恶：“就她？白送一套婚房我也不从，我跟她这种女人就没在一个频道上！”

适才的喧闹风一样消散了。夕阳像个煮老了的蛋黄，扁沓沓地往下坠。吴媛在心里笑自己，全世界真的就剩下秦博这么一个男人了。

“爱情啊，你就是个鬼啊，处处都是你的传说，可我从来都没有见过你啊！”秦博一副死猪不怕开水烫的样子，四仰八叉地倒在亲人们留下的睡垫上。

没有风，草却瑟瑟发抖。放眼望去，夕阳的红远远盖不住大地的灰，灰白在天地相接处暗暗涌动，夕阳的光倒更接近于昏黄。吴媛心里蓦然升起世界末日般的悲怆来。

“鬼啊让我遇见你，或者忘掉你！”秦博号叫着。吴媛厌恶他这副夸张的样子。

"对面那个女人，你过来。"秦博向内勾着他的手掌，"我们今天不谈爱情，只谈婚姻。"

很多无聊或焦虑的时刻，她和秦博都会互约一下。咖啡，茶，电影，飙车，大多数时候都在谈论爱情。或者说，无论谈点儿什么，最终都会谈回爱情。世上的人在他们面前分成两种，一种是问"你为什么还不结婚"的人，一种是不问这个问题的人。回复给第一种人的答案永远是："没遇到合适的。"而第二种不发问的人，大概只剩下他们彼此，他们互问的问题大体经历了这样的历程：不相爱怎么可以结婚啊？实在等不到爱情就一辈子不结婚吗？如果没有爱情的婚姻是不道德的，那为什么没有走向婚姻的爱情却不会受到道德的责问？爱情和婚姻确实应该是两码事吧？那么多人都结婚了，那么多人都有爱情吗？不昏不婚，爱情是一针剂量刚刚好的致昏剂！我再相最后三次亲，谁排第三个我娶谁；问题出在我自己身上，见谁都只发觉不合适的地方，却不去找合适的地方；我爷爷说他八十大寿的时候我必须让他见到孙媳妇儿，人和人不合适，和驴才合适吗？话糙理正，我得仔细想想；都火烧眉毛了，还谈什么爱情，几岁了？幼稚！

吴媛拧开瓶盖喝了一口水，清醒了些，却更冷了。野外不知道有什么花草，加上深夜的风，脖颈和额头也起了小疹子，奇痒，她往帐篷内缩一缩。

"你这么说无疑又退回老主题了——我说了，今天不谈爱情。”秦博枕着手臂说。

“不是爱情。我们现在谈的应该算是性或者婚姻，总之绝不是爱情。”

“我也不知道……但是，你这样想，如果我们今天能躺下，然后，你像电影里那样怀孕了，我们好像就可以结婚了——可以，还是必须、不得不、水到渠成？管他娘的呢！哇哦，你想想，我们，你和我，终于可以把结婚这事情给做了，哈哈，想想就好开心，简直比死了又活过来或者活完了一辈子蹬腿儿咽气儿还要高兴！”

“这算什么呢？以繁殖为目的的婚姻，还是，以婚姻为目的的繁殖？”

“繁殖？”

“难道不是吗？”

“……”

“你说动物之间的繁殖行为有没有爱情？”

“有的吧，不然为什么经常看见好几只男狗为了一只女狗打架，而另一只女狗在旁边张望？”

“你能不把男、女这样的字眼放在‘狗’前面吗？”

“放‘人’前面人同意，放‘狗’后面狗同意吗？那帮狗男女把咱们扔在这儿，心里肯定在想，过了这个晚上，看这俩狗男女还有什么劲儿可较的——放前放后，这重要吗？”

“那么，我们还不如狗呢？”

两个人都不说话了。躺着。谁也睡不着。

“你这么独立，为什么一直想生孩子呢？这个我貌似没搞懂——当然，我一直只在意倾诉自己，你是个好听众，我没太想过多地了解你。”

“因为我内心孤单得要命。”

“那为什么不是渴望一个爱人？”

“爱人？爱人之间不是唯一对应的关系。你可以爱柳树，也可以爱杨树，或者爱一阵子柳树然后再去爱杨树，甚至在你爱着杨树的同时，发现你最爱的其实还是柳树。当然，你可以把杨树柳树柿子树挨个爱一遍，最后发现，你最爱的是你从来没有见过的石榴树——”

“简单点说不行吗，搞一堆树干吗？最烦你们女人这一套。”

“这样说是维护你的尊严，难道你非要让我把‘爱’字换成‘睡’字，把她们的名字挨着数一遍吗？陈琳，曹爱娟，姜艳——”

“够了你——真够变态的，你竟然记得她们的名字——天啊，你不会一直暗恋我吧，只有吃醋的女人才会强迫自己记住这些东西——噢噢……别掐……是女人吗？你掐人这么狠——噢噢……我错了大姐，咱还是说回杨树和柳树吧！”

“而母亲和孩子之间的关系是唯一的，天地之间，唯有我是那孩子的母亲。我们可以爱或烦对方，但伴随着孩子的诞生，母子关系就诞生了，金钱、虚荣、爱恨、别离、生死、无常、时间，没有什么能够改变这一点。”

“上了年纪的女人是不是都像你这样母爱泛滥？这多难的事儿，你随便收几回种子就能开花结果了。”

“那不一样。没有父亲的孩子心理上是不健全的，我不能这样自私。”

“你结婚就是为了生孩子？那你的宣言应该再修订一次：从爱情改为婚姻，从婚姻改为——为未来某个可能会被你生出来的孩子寻找一个好爹。”

“——这结论听起来好吓人！应该……不全是吧。父母没有爱情，生出来的孩子罹患心理疾病的可能性很大。”

“你们女人伟大起来，真让人害怕。”

“‘你们女人’——好吧，那我这样跟你说，不生育、不哺乳的女人患乳腺癌的风险很高。这个理由，‘你们男人’容易接受吧？”

“那结了婚的患子宫癌的风险还高呢——而且已婚妇女个个都有妇科炎症，满大街都贴着宫颈糜烂、附件炎专科医院，多恶心！”

“你这话比宫颈糜烂更恶心！女人原本是不会自我糜烂的，是因为男人把垃圾扔进去了——归根结底，你们才是糜烂的肇事者，你们就是恶心本身。”

“这就是传说中的女权主义嘴脸吗？没有你所谓的恶心的垃圾，你就无法获得天地之间那伟大的恒久不变的钻石一般的‘唯一’关系。是你自己把女人形容得像男厕所，憋急了闯进去，完事儿心旷神怡地走人。如果男人非要像你们女人一样幽怨一样容易受伤，那我也可以把男人形容成没有尊严的种猪，为了让母猪不患乳腺癌而耕种不辍，最后精尽猪亡，被宰了做红烧肉。”

吴媛钻出帐篷。蓄电灯照不了多远，帐篷外面漆黑一片，但并不像想象中那么恐怖。如果秦博继续这样刻薄，她打算就这么在外面站一夜。毕竟初冬了，冷气直往肩背里渗，她揉搓双臂熬着，秦博却没有一点儿声音。他可能睡着了。这样的人也算男人！杀了也不能嫁给他这样儿的，连让着女人一点都做不到，小肚鸡肠，难怪娶不到老婆。

没多久，脚踝和手腕处同时痒起来，这该死的过敏。吴媛气呼呼的，却不得不回去。

重新钻进帐篷躺下，温吞吞的气息让她想起秦博刚才的话：为了成为母亲，女人不得不接纳男人。

“嗯，还是两个人暖和点儿——虽然你躺进来太挤了。真像歌里唱的，‘两个人的寒冷，靠在一起就是微温。’外面夜色撩人吧？”他竟然一直醒着，她更生气了，不说话。

“唉，天下女人的共性大于个性。我说哥们，你在我面前有个哥们儿的样儿，别这么女人行吗？”每次遇上有人撮合他和吴媛，他总会说，她是女人吗，这是我哥们儿好不？“兄弟我告诉你，你要看上了哪个男人，就多对他生气，你生气的时候比你对人好的时候像女人多了。别傻啦吧唧对男人好，你以前那位，就坏在你对他太好了——”

“你能把嘴闭上吗？”

“噢，我错了，哥们儿！千不该万不该，我不该提你那挨千刀的前任！我的错我的错，我有罪，放过我吧。” 他说着揽住她的肩。

“干什么！”她扭动着要挣脱他的胳膊。

“这样还挺暖和的，兄弟。”秦博顺势把脸埋进她的头发里，“你扭个屁啊，你不是老说嘛：‘我跟秦博就是回眸一辈子，也只能回成颈椎病回不出爱情来；把头碰破了也只能碰出脑震荡碰不出火花。’兄弟我深以为然。”

她扑哧笑出声来，他也跟着笑。

“我们这一代人吧，都是让电影给害了。你看吧，只要孤男寡女同处一室，就必定干柴烈火。幼稚，肤浅，矫情，污浊。”

“我总以为，人和动物的根本区别不是什么制造工具，而是能不能用理性干预自己的动物性。但一说到这个，更引人注目的话题就变成文明对人性的压抑，张扬个性最后简化得只剩无节制的放纵。所以有人说，超越性爱，才能抵达真爱。”

“呵，女人家的不钻研香水文眉垫鼻梁，成天净琢磨这些呢？好家伙，那就是说，像我们这样一对兄弟才是真爱啊？我醉了……按你这逻辑，性冷淡者才有真爱，我这种你所谓的衣冠禽兽还等什么爱情啊！”

“超越又不是杜绝，狭隘。”

“也有人说了，精神恋爱不是爱情，爱情是灵与肉的双重愉悦。我代表天下衣冠禽兽向你坦白，再禽兽的男人也是有喜好和选择的，不是见哪个女人都拔不动腿。这种喜好和选择是什么，不就是爱情的题中之义吗？比如咱哥俩，扒光了塞一只麻袋里捆三天，你还是你，我还是我。”

“你能不这么粗俗吗？”她瞪他一眼，翻身朝外侧卧。

“噢噢——小脸儿绯红……这真是一个危险的信号。”

“我为你的粗俗感到害臊。”

“可你为什么一定要把自己代入我的粗俗之中呢？”

“与你这样粗俗的人共处，我为自己此刻的处境感到害臊。可以了吗？”

“不对……我说不清楚。”他咂咂嘴，努力想严肃一点，“三次恋爱的直觉告诉我，不是这样。”

“灯都快没电了，你从哪儿看见我脸红了？自以为是。”

“掩饰。掩饰比脸红更危险。”

“我掩饰什么了？”

“起初不否认自己脸红，此刻否认——我知道你还是不会承认——不是因为你虚伪，而是，在此情境下你的潜意识比你的意识跑得更快。”

“你想说明什么呢？”

“说明——你的情欲泛起来了。”

“有病！”

“骂我是因为你为此感到羞耻。”

“我没有。”她冷冰冰地说。

“你有。”

“我没有！”

“我不想跟你吵架。”

“是我要吵架吗？”她大声叫道。昏暗的蓄电灯像小孩从滑梯上平稳地滑下来那样，和缓地熄灭了。

他忽然翻身，抱紧她。细密的胡楂扎到了她的脖子。像皮肤过敏一样。

“你想干什么，强奸吗？”她异常平静，甚至带着些不屑和鄙夷。

“不！强奸是对我自己的羞辱。”他的声音像是从地下传来，带着黑暗的湿气。

“那么？”她温和地问，听起来甚至有些亲切。

“我想证实，我们没有爱情。”

她在鼻孔里笑了一声。“我同意。抽血还是拍片子？”

“有感觉吗？”

“嗯。”

“真的？实话说，我没有。对不起。”

“我指的是，我感觉到一只手在我的腰部移动。手是温暖的。”

他停顿一下，继续。“你会不会是……同性恋？”

“不会。我恋爱过，这你知道——或许我这样表达更简洁些：我有过刻骨铭心的异性恋爱。”

“你又在谈爱情——除非你……”

“——我懂你的意思，不是精神恋爱。”

“你确定你喜欢男人的身体同时对我毫无感觉？”

“呕……”她忽然挣开他，跑出去蹲在一边呕吐。

他用手撑住自己的脑袋，看着她吐完了走回来。“今晚是有些恶心。可我觉得，刚才那句并不是最恶心的。”

“对不起，不是话。那个……我直说了吧，你身上……有一种很奇怪的气味，像湿土或者淤泥。”

“哦，你是说这种气味让你感到恶心？或许在另一个女人那里，这会是一种很性感的味道。”他用脚蹭一下帐篷顶部。“我说女人比男人笨，你一定会生气，那我就说真诚。女人的身体比男人真诚，怀孕了要吐，厌恶了也要吐，男人只有喝了酒才吐。不过女人更多的是呕，男人不呕，直接吐。”

“呕……”她说着对不起再一次跑开。

“为什么你要说对不起？”

她喝下一大口水，说：“为什么你对我的身体没有欲望，就要向我说对不起？是说一个男人对一个女人的身体提不起兴趣，就是对这女人的侮辱吗？哪怕是在这女人也同样没兴趣的前提下？”

“事实是，我们彼此在说对不起。”

“我们彼此对对方的身体没兴趣，是说我们都在羞辱对方的身体没有诱惑力？为什么一定要诱惑？”

“所以，我们没有爱情。”

“那嫖客去红灯区是因为爱情吗？妓女爱她的每一个客人吗？”

“你否定我，是想证明我们有爱……的可能？”

“哼！”她留给他一个高傲的侧脸，“当然不是！”

“当然不是——你端庄贤惠仪态万方，却张口婊子闭口嫖客毫不羞耻，一提我你就如此轻蔑，我在你眼里就这么污浊吗？”

“现在该换我问你了：你这么在意我对你的轻蔑，是因为你一直暗恋我吗？你结不了婚是因为你一直深爱我却不自知，于是只能一次一次又一次地去相亲，然后回来向我详细讲述你的失望吗？对了，你还懂潜意识，你坦诚地向我讲述你的性经验其实就是赤裸裸的意淫，你试图用哀兵必胜的伎俩博取我的同情怜悯并努力把这种情感引导成为稀里糊涂的爱情……”

“靠！”他冲出帐篷，拎小鸡一样把她拖进去。

他是一个男人。他愤怒的胸脯打乱她呼吸的节奏。他化身狂躁的黑熊，决心要用锋利的牙齿和钢刷一般的舌头剔净嘴边这只鲜活的头颅，直到它成为一堆洁净的白骨。而她，是一具尚未凉透的女尸，纤细玲珑，温软静默，没有反抗，也没有迎合。

直到他厌烦了付出这无果的力量，才终于肯停下来。

他对嘴边的头颅说对不起。她如复活的女尸一般轻轻吐气，说：“对不起，我不该刺激你。”

“不——”

“痛苦拯救不了痛苦。所有的人生都在白天、在人群中……此刻，如果这样能让你好过一点，我不会怪你。”她甚至轻微动了动手指，触到了他外衣的布纹。

“对不起……”他把脸压在扁平的睡垫上。“这跟强奸有什么区别。”

“不一样。”她想了想，酸楚地说：“我们分享过彼此的一点点艰难时光。”她想到自己这具一日日走向衰败的肉身。如果它能给眼前这位算不上坏人的熟人纾解一丝丝绝望，给他用他乐意的方式用一用，又有什么大不了的呢。

他揽她入怀，抱紧她。“我们为什么不能相爱……”他感到眼中火辣辣的，而她是遥远的，无色无香。

“相爱……今夜不谈爱情。”她也回抱他，涌出的泪一半湿了自己的脸，一半湿了他的衣服。“你说，我的兄弟我们今夜什么都可以谈，唯独不谈爱情。”

他笑起来，胸腔像哭一样抽搐着。

“是的，我的兄弟，我们没有谈爱情。我们正在进行激烈的摔跤比赛。”

她也笑起来。但笑声很快从头顶坠落，变成了哭。

她被箍成小小的一团，在他漆黑的怀里哭出声来。旷野中，这是纯真的孩子失手打碎暖瓶时才有的那种哭泣。

“都几点了还睡！快来接哥们还俗吧，饥寒交迫啊……”

秦博缩着肩膀打电话。“能不美好吗，比亚当夏娃还纯粹，你大爷的只扔下几瓶矿泉水，哥们冷得都快尿出刨冰来了，赶紧的！”

他们收好帐篷，坐着，看天，看云，看风。

过不了多久，亲人们的车会像骄傲的小兽一样出现在这条路上。他们一定会早早就按响喇叭，持续按好多声，下车了大声笑，扔一支烟。想到人群，他们感到异常疲惫。真希望亲人们食言，时间的大钟忽然被抠去电池，就这样一直停在九点三十一分。

“人为什么一定要结婚啊？”

“不知道。人为什么不肯结婚呢？”

故事可以就这样结束，生活不会。秦博还是要去单位打卡，爷爷的寿辰将近，他还是要费尽心思为老爷子备一份礼物；吴媛还是要去见客户，按时回家吃饭，在母亲的监督下换上高跟鞋、涂艳丽的口红，去某条街和下一个需要结婚的陌生人喝咖啡。自从父母将离异无孩的男性放过线来，她的相亲活动又掀起一个小高潮。那夜的酒精和彻夜的冷风让她的皮肤过敏转为慢性，盐酸左西替利嗪片可以有效缓解过敏症状，但会让人精神疲倦、嗜睡。这也没有什么绝对的不好，有几次她想提前结束喝咖啡的活动，就对不同的男人说过同一句真话：“不好意思，我过敏，口服的抗过敏药让人昏昏欲睡。”得到的总是关怀和询问，而她的回答也总是不变：“谢谢，不是什么大病，只是——皮肤瘙痒。”

好久不见秦博了。不是想见，也不是不想见，就是觉得有些日子没见了。他还是不着调地刷着朋友圈，她不咸不淡地评论几句。她忙着年终结算，他也抱怨着工作总结，圣诞、元旦将近，大家疲惫、热闹又仓皇地过着一年的最后一点时光。今年结婚自然又是无望了，父母长吁短叹地接受了这个现实，又一次不得不把希望寄托给下一年。一直只在幕后指使母亲的父亲站出来发言了：

“我们是新时代的家长，不是封建家长，我们从来没有逼你去接纳你不满意的人，是不是？政府机关公务员怎么就无趣了？做生意的怎么就不安定了？没有房子就没有房子，对方没有咱们有就可以嘛！长相、身高、学历这些更是身外之物，金无足赤人无完人，对人对事不要太苛刻。两个陌生人怎么可能一见如故呢？没有共同语言可以培养嘛，婚姻是一种责任，是需要用智慧去经营的。不是我们逼你，只是啊，作为父母我们不得不提醒你，你觉得眼下处境不好，这样一直拖下去，只怕会越来越不好啊！”

岁末年终的气氛和父亲的话纠集在一起，真有点穷途末路的味道了。为什么要选择呢，旧式的包办婚姻省去了多少虚妄的挑选，现在的年轻人谁结婚前不是左挑右选，到最后离婚的大部分理由还是感情不和。把挑选花费的心思留着经营婚姻，未必会更坏。自由越大欲望越大，在这两个相互攀升的箭头下，人的满意度大概从来都处在差不多的水平吧。这样想想，就难免让人后背发凉。她想起那天清晨醒来，只有和秦博相互贴合的前胸是温暖的，后背冷得像一块石板。她搜了他提到的那首歌：

这样的你，执着一厢的情愿伤痕

这样的我，空留自作的多情余恨

就让我们拥抱彼此的天真

两个人的寒冷

靠在一起就是微温

相约在那下着冬雪的早晨

两个人的微温靠在一起不怕寒冷

《一个爱上浪漫的人》，多年前的老歌，歌名和旋律都是这样朴白单纯。油腔滑调的秦博竟然会喜欢这种歌，吴媛觉得有些不可想象。但细想想，独处时的秦博确乎没有人群里的他那么讨人厌。婚姻关系更类似于独处吧，玩世不恭或许是他掩饰的面具吧，正如别人把严谨、善良、宽容当作面具一样。想起那天她一夜昏沉，早上头晕目眩，上车的时候他从后面扶了她一下；清晨他抱紧她说梦话："妈妈，暖气坏了，是不是……"这么大了，没想到他还管母亲叫妈妈。吴媛没有笑话他，竟莫名觉得有些亲切。

那么，秦博可以吗？

至少，他是熟人，不用从"你在哪儿读的大学"开始所谓的了解。他的缺点就是那么明明白白地摆在那里，不好，却也不会坏到哪里去了。即便不美好又怎样呢，眼下也好不到哪里去。权当是换一种新的不好吧，也算是种变化啊。想起那夜的放声痛哭，想起无数次一个人躲起来默默流泪，秦博那黑暗的怀抱……终归也是怀抱啊。

“元旦快乐！二号有空吗？出来坐坐。”

“干吗？喜迎新年展望未来吗？”

“展望个毛线……”秦博顿一下说，“聊聊天儿，哥们儿心慌，没着没落的。”

“干吗不是一号啊？”

“那个，一号——哥们儿有点事儿……”

吴媛选了支亮色的口红，涂上又擦掉了。看看淡淡的眼影，又在下唇轻轻点了几下，镜中的她抿着口红，竟与母亲下定决心时的神情极为相似，倒把她自己吓了一跳。

真坐到一起了还跟往常一样没什么可聊的，秦博却决心要靠谱起来似的，没话找话地说着些不着四六的事儿。他自作主张替她点了芒果冰淇淋，她也没留意，不多一会儿，脸上手臂上就起了很多丘状凸起，才想起来是芒果的缘故。他竟自责起来，吴媛并没有告诉他这过敏转为慢性的缘由，只是淡淡地说：“没事。过敏不像缺胳膊断腿那样酷烈悲壮，性命无虞，却是难言之隐。瘙痒也算病吗？更像是一种上不了台面的卑琐。”她说着，还继续吃剩下的几块，“吃了会更严重，不吃却也不会好转，只是坏与更坏的区别。仔细想想，这病很有意思。很赖，却没有什么道理可讲。医生说，不能吃调料。呵呵，哪天要诊断说不能吃米面不能喝水了，倒好了。”

秦博笑了，说她的名字没起好。“吴媛，无缘。”

吴媛一愣。

秦博又自嘲似的说："我也不好。秦博，情薄。有时候在想，我是不是单身的命啊。比如，我随便看一眼时间，百分之九十都是单数：十一点、九点十七分、一点零三分……越是这样我就越会去注意，事实确实如此，我总是在单数的时刻看时间。再比如，我随手抓一把花生米，数数，还是单数。也不知道我妈把我生在什么时辰上了。"

吴媛笑他迷信，让他抓一把眼前的开心果数数看。他照办，数数，二十二颗，却还剩下半个壳。半个壳可怎么算呢？秦博有些酸楚地说："成双配对的东西，到我手上也只剩下半拉儿，还用得着数吗？"

吴媛不知道该说点什么，只得硬着头皮说："你看看时间，如果还是单数，我就告诉你个破解的办法。"

他迅速低头扫了一眼表盘，什么也没说。

吴媛觉得心要跳出来了。她剥开一颗开心果，犹豫着。秦博却开口了，他说时间不早了，送她回去。她愣了一下，跟着站起来。

白天喧闹的店铺全都拉下了卷帘门，像把这座小城忽然翻了个个儿。现在，他们看到的是它的背面。白天的烧烤摊撤走了，只留下满地的油腻。路灯映着，看不出天是什么颜色，干巴巴的，像要落雪，又不大情愿似的。

秦博忽然说了声再见就匆匆走开。走了几步又倒退着走回来。他双手插在裤兜里，站住，却并不回头。风吹着一只红色塑料袋滚滚停停。

“我要结婚了。”

吴媛定在那里。

“十二月三十一日那天夜里，我脆弱得就像一个娘儿们，我觉得我熬不到第二天了……天亮之前，我必须把这事儿了了。”

她不吭声。

“明知道天亮了也不会有人把我拖出去毙掉，可我还是觉得，我过不去那个晚上了。”

“我懂……”

他抹一把脸，说：“其实，那天夜里，我先给你打的电话……你关机了。”

吴媛像一截朽木被推了一把，向前摇晃了一下。“有个男人一直骚扰我。”她停了一会儿，毫无必要地补充说，“他约我去开房。”

“去他的，什么东西！”秦博狂躁地踢了一脚，脚边什么也没有。

吴媛觉得舌头干干地粘住了上颚。她动了动嘴，把舌头撕下来，问：“什么时候办喜事儿？”

“不知道。很快吧……昨天去了趟她家，双方父母见面。真的，跟肥皂剧里演的一模一样……”

两个人都没话。站了一会儿，他转过身来揽一下她的肩：“哥们儿，祝你别像我一样。”他拍拍她说，“走了。”

吴媛像绷紧的皮筋被弹了一下，在夜色里发颤。新年的冷风吹着她的后背，与脸上一小片过敏的灼热冷冷相对。

2016.11.4

千条路

一

“远娃——哎！远娃儿——你妈又上树了！”

吆牲口的人，喊话又远又亮。加上站在山疙上，不说学校，大半个镇子都听见了。像一个火星子掉进了麦草里，风一吹，就引成了一窝火星子。三三两两的女人纳着鞋底冒出来、抱着孩子冒出来，耕地回来的男人手里攥着青葱烙饼冒出来。

扎着羊角辫的路远像一只惊慌的小羊那样蹿出教室。她已经跑出校门了，还有远近的人在传话：“远娃——哎！路家远娃儿——你妈又上树了！”

跨过校墙西南角的水渠，就是土地庙。土地庙平日挂一把锁，逢节或有人问卜的时候，朱红烫金的大门才开着。庙门前一排新疆杨有手腕粗，围墙一样整齐。庙门前有四棵老柳树，不知哪年栽的，有两人合抱那么粗。挨近学校的那一棵被雷劈过，半个树冠都死了，黑乎乎地残着，另外半个却像另一棵树，依旧按照四季枯荣。这倒让其余三棵看起来太平庸了，于是，谁害了眼病，便用红纸剪七个桃心在病眼上绕，嘴里念：“送——送——送眼睛，你在我家害红眼，我在你家要桃钱。”七个红纸桃心挨着念一遍，念完贴在柳树上，大伙儿都绕过那三棵选这棵。有人做梦梦见过世的亲人或哭或笑或怒或怨，第二天就会来庙门前烧点纸钱，多数也是选在这一棵树下面。

李双娟疯了上树，也是选这一棵。疯了还知道上这一棵不上那一棵，有人就说远娃妈是装疯。装疯有装疯的看头，真疯有真疯的看头。夏月天李双娟上树，三把两把就把汗衫的纽扣撕扯开，一对乳房在枝叶间摇摇欲坠。冬月天多半是穿着红线裤跑出来，往下扯的人手一松她脚一提，一大截白花花的腰和肚子就亮出来，看得人一激灵。

路远像小羊蹿过水渠，抱住大柳树的树身仰脸朝上看，嘴里一迭声叫妈。

“妈——妈——妈你快下来，我二爷爷来了！我二爷爷提着鞭子来了！快下来！妈——妈——”李双娟充耳不闻，还在树上唱她的《火焰驹》。

路子他二叔说来就来了，远远甩得鞭子响，嘴里不三不四地骂着。这时树下已经围了几个人，有人往树上爬，嫂子嫂子地叫着。李双娟朝下看一眼，对着那人嘻嘻地笑，笑得像个孩子。

路远哀绝地叫一声二爷爷：“你往低处抽……你防着我妈，二爷爷……”

路子二叔往手心吐一口唾沫，照空一鞭子抽到柳树梢，捋下一鞭柳叶。“扫帚星——贱货，不下来我抽死你！”

“妈——妈你下来呀！”

他照着渠畔连抽三记，李双娟听见那脆响，停下了戏文。路远怯怯地站在一边，看着二爷爷又抽了三下树身。

“耳听得……谯楼上三更三点——”李双娟听了听动静又唱起来。路子二叔像爆雷一样喊叫，朝枝丫间挥舞鞭子。

“忆往事……不由人——心似油煎。”李双娟这回爬得高，二叔的鞭子抽不到，倒把刚才上树的后生吓得叫：“二叔二叔……路家二叔，你老人家看着点儿我，别抽不着嫂子抽着我！”

“抽着了就是该着你挨抽！你个狗东西也不是啥好捻子！”

近旁几个人笑起来，那后生一边告饶，一边从树上溜下来。有孩子异想天开，从家里拿来了打杏子的长杆，不知是想把远娃妈像打杏子那样打下来，还是像掏鸟窝那样缠下来。这女人蜷在树杈上，唱一阵笑一阵哭一阵，下面的人仰着头，看这个平日里沉默寡言的乡邻，忽然间像成精了一样与众不同。女人们掂量着自己的腰腿，怎么也想不明白李双娟是咋爬了那么高的。谁也没有见过她爬树的样子，每回等人看见，她都已经在树上唱戏了。人们熟悉的是她下树的样子，要么战战兢兢被树皮枝丫划得狼狈不堪，要么下到半道上一脚踩空，在地上砸出一声闷响，没摔死已经是老天睁眼了。被鞭子抽下来的时候更是抽着羊角风口吐白沫，像牲口一样在黄土地上翻腾。

这一回，下面看的人都烦了，她还不肯下来。路远还在叫妈却不指望她妈能应一声，像叫给树听，又像在给她妈叫魂。有人问队长咋还不来，另一个说早上见队长一家子背着水壶去山梁背后拔胡麻了，怕要天黑才回来。有几回不见李双娟下来，是队长带两个壮汉一起爬上树，拉的拉扶的扶，才把她弄下来。这事儿有危险，弄不好不是把她扯下树，就是自己被扯下树。有半大小子献计说，像摇杏儿那样摇树，保准把她摇下来。

“这么高！杏儿摇下来也摔得只剩个杏核儿了。人敢这么摇？”

“敢摇也没法摇，谁能摇动这么壮的树？几辈子人才能长这么粗的树。”

“撇上去一根麻绳套住树杈，人在底下拉绳子，咋不能摇？”

“就你灵？你不如直接把那一股树杈扯劈了让她掉下来。猪头。”

“给她腰上拦一道麻绳再摇——你没看电影里走钢丝的人都系个保险绳——”

“扯啥洋的，咱下井捞水桶不也系绳吗？”

“洋的咋？路家嫂子这身手，比那些人也不差啥了——还带脱衣舞，哈哈——”

“说这话不怕烂了舌头吗？”人群里忽然爆出一声小孩儿的

骂。众人回头，见是张家小儿子强强。强强家和李双娟家离得不远，夏麦收了垛一个麦场，出门也走同一条巷子。

“咦！强强，屁大个娃，咋跟大人说话呢你！论起来你得把我叫叔——过来！”

“骂你咋？打人不打脸，骂人不揭短，你有本事上树救人，看人笑话太缺德！”

有人应声夸强强，强强倒羞红了脸。

“我没本事，你有本事你咋不去救？”

“我……没本事救也不看人笑话！”毕竟是个孩子，一激动起来就让人担心他会哭。

“那你杵这儿看啥呢？庙里土地爷？”那人吸一口气又说，“你个屁孩子不在教室念书跑这儿来干啥，这儿比书本本有看头？”

“救就救！”强强几步走过去，蹬掉两只鞋，猴子一样利索，只是脸涨得更红了。有人喊强强下来别添乱，有人骂那人跟孩子较什么劲，也有人说骑驴捉尾巴，各有各的拿法，没准孩子还能哄下来。那人撇着嘴哼一声：“指望个孩子，真是指屁吹灯！”

众人都仰着头看。强强爬得急，手攀着的一条枝丫忽然咔嚓一声。路远如裂帛般叫：“强强哥——”

还好，没断。

强强也爬了李双娟那么高，他一伸手她就往后挪一截，下面的人喊强强再别伸手，她再挪怕那胳膊粗点儿树杈撑不住了。强强也不知道该拿她怎么办，骑在她对面的树杈上自语，这咋弄，啧，这我把你咋弄下去？

强强左右寻觅着，老柳树上没有比树更多的东西。李双娟揽住一截树枝像揽着亲密的姐妹，双腿并拢坐在另一截树杈上，安详得像坐在自家炕上。过一会儿，仰起头看看浓叶筛下来的亮光和蓝天，又四下里远望，她不知道一不小心她就会像一颗熟透的黄杏儿，吧唧一声掉下去。强强不得不想起那人说的系根绳，他想着把麻绳绾个活套，套在她腰上，把另一头系在树上，要是她掉下去绳子就会吊住她。那场景让强强想起大人们说的吊死鬼，他一个激灵立即否定了这个办法。他想到母亲说起这个女人时的叹息："旁人难心是心急心慌心疼，路子女人是连心带肺都被路子爷俩儿齐根儿揪走了。"

柳树灰黑的皮粗拉拉的，叶子却散发着带点苦涩的清凉，要是没有下面人的聒噪，一阵小风吹来，柳叶飒飒响，还真是个好地方。强强看着眼前这个神志不清的人，忽然有点儿理解她了，这一想就觉得自己长大了一些。"婶婶，你难心得很吗？你爬这么高，想看多远啊，远处有啥呀？"李双娟漠然地看他一眼，又扭过头去。

她的右边是宽阔的312国道，是通往兰州、平凉、银川的必经之路。这条路横穿柳桥镇，为这个镇子带来最初的名声，也带来镇子外面不竭的传奇。那些年路子去静宁拉砖、去南河拉沙子、去隆德贩西红柿，走的都是这条路。别人家修房靠的是积攒，路子两口子家徒四壁，靠的是迟睡早起，他们夫妻俩吃得了苦，在镇子上是出了名的。

“婶婶，你想路子叔了哦？”

李双娟回过头来，眼睛里流露出日常的温情来，“路子。”

“路子叔是个好人，他去哪儿都受人抬举，婶婶你不要惦记他。”

“路子——路子拉炭去了，华亭碳好。大疙瘩，烟小，火力大。”

“是，我大说路子叔给主家拉煤，卸了煤还拿笤帚扫一遍车厢，不占人家一把煤末子的便宜。”

“路子……路子碾麦场去了，晚上回来要吃浆水长面，我要去地里割把韭菜。”

“嗯，我大说路子叔碾麦不惜油，麦草都碾烂了才收车，起了场麦秆上一颗麦子都不带。”

“起了场换风扇——千万要操心，风扇转起来凶险得了不得啊！哎哟！哎哟防手啊！路子——路子啊，你的手咋了——啊——”李双娟“呼”一声站起来，死命摇着扶在手里的一枝树杈，脸上换上一副疯癫的神情。“你把手咋了……啊——路子，你血呼啦的咋了，啊——路……子……”李双娟如履平地跳到另一根树枝上，身体摇晃如绿色的波浪。强强都不知道自己是怎么站起来的，他跳过去死死攥住她的手腕，嘴里喊着婶婶，求她不要站起来，求她不要摇树。下面的人又被撩起来，听不清强强跟她说了些啥，让她这样疯起来。有人喊强强快下来，救不了别好心倒害了人。

只有强强知道她是想起了路子叔给主家碾麦场，被风扇削断手指的事。碾麦的人只管碾，等到扬麦的时候把风扇带在拖拉机头上，碾麦的人就坐在上风口抽纸烟，唯有路子叔不惜力，看主家扬麦的人孱弱，总会操起一把木掀帮着扬。他怕庄稼汉不知道防风扇，回回都是自己靠前站，护着别人，出事那一回他自己也迷糊了，一掀挨一掀地扬过去，只顾了粮食却忘了别的，再一抬手就被飞旋的风扇齿削去了食指。强强想起路子叔一见他就捏他的脸，直捏得他号哭叫骂起来，路子叔才放声大笑着松开手，看他跑开。出事以后，他还是捏他的脸，但捏不全一张脸了，总留着一个大豁子。

“婶婶——婶婶你别跑……”强强攥住李双娟的手腕子，喘着气说，“婶婶，路子叔在下头呢，不在上头。咱下去行吗？他在家等你擀长面呢，咱快下去。”

“他的手咋了？”李双娟不摇树了，抱住树问强强。

“没咋——好好儿的！”强强伸出自己的手给她看，“跟我的一样啊！你记错了婶婶，那是赵家虎子，他在工地上伤了手，你记错了。”

“虎子……”

“对啊！你看你，赶紧，咱回家，擀长面，还要去割一把韭菜呢。”

李双娟将信将疑，终于还是点点头，顺着强强的牵引，一步一步往下挪脚。强强猫着腰挪两步，踩住树枝颤两下，觉得稳就转过身去叫李双娟，她顺从地拉住强强的手，也猫着腰挪两步。挪回主干了，强强像熊一样抱住树，一只脚往下探。李双娟也学他的样子。强强腾出一只手来捉住她的脚往结实的树杈那里放。下面的人也长吐了一口气，说下来了下来了，终于被强强哄下来了，有的人已经回去干活儿了。

强强仰头看李双娟，李双娟低头看强强，他的浓眉大眼亮闪闪的，朝着她笑。她叫了一声："宽娃。"强强一愣，屏住气。她凝视的眼睛里闪过一丝波动。强强攥着她脚后跟的手一软，随即又对着她笑了，笑得更大了一些。李双娟挪下另一只脚，又低头叫："宽娃。"强强讨好地对她笑，嗓子里还呼噜了一声。李双娟笑得慈祥了，嘴里喃喃叫着宽娃。

她下得越来越快，两次踩了强强的手。离地一人高的时候强强收腿一跃，跳到了地上。大家"咦"了一声，都夸强强。李双娟也落地了，不过她是掉下来，"咚"一声摔在了地上。像感觉不到疼一样，她坐起来在人群中准确地找到强强，不等站起来就整个身子扑过去抱住他号啕大哭，宽娃宽娃地叫着："妈想你啊——你咋才回来……"

强强被李双娟抱住，像一只黑天牛被翻了个背朝天，四肢在空中乱搅。众人乱上加乱，撕扯李双娟箍紧的手臂。张家一个本家见强强被疯子抱住，脱了倒踏的臭鞋就朝她头上脸上扇。路远厉声叫着："妈——妈——你放开强强哥……"

闲了半天的路子二叔拨开众人，用他黑长的大拇指甲掐住李双娟的人中穴，她锐声叫了一下，四肢就缩起来抽成一团。路远哭着把衣襟往她妈牙缝里塞，怕她抽风把自己的舌头咬断了。

强强终于被放开了，他翻过身来跪在路远旁边盯住李双娟的脸叫婶婶。他那本家一把把他拎起来像扔一铁锨牛粪那样把他丢出去："还不躲远点——小心她一把捏住你，掐断你的小公鸡脖子！"

早有人端来了一碗凉水，碗上横着三根红筷子。路子二叔用两边的筷子头轮替着蘸一下水，往各处洒几滴，这就攥着三根筷子在李双娟头上脸上身上绕，嘴里念："天灵灵地灵灵，太上老君快显灵！急急如律令……"噙一口水喷到李双娟脸上，再念："八大金刚来护身，护了前身护后身，护了左身护右身。天留神地留神，人留子孙草留根……"

有人喊来庙倌开了庙门，在神前的香炉里捏了一撮香灰填进李双娟嘴里。她嘴里涌出的白沫和香灰和成了泥。又拿了几张黄表，点燃了在她全身绕着念："踏着的撞着的，挨到的碰到的，快消快散，快去快散……"朝着歪柳用力吐一口唾沫，手里的黄表也就燃尽了，把灰烬丢进凉水碗，如此三遍。灰烬慢慢融进水里，像给蓝边白碗盖上了一层黑油。路子二叔端起水碗往树上一泼，又从裤腰上解下发黄的白布包，擀面一样展开，里面别着长长短短的银针。他抽出来烧燎一下，用指头按一按李双娟的头顶，摸到百会穴，在四边四个神聪穴各扎进一针，嘴里念着："手执金鞭赶铁牛，一口喝得水倒流，金针扎来血活通行流……”

李双娟嘴里的白沫渐渐止了，抽搐也慢慢缓下来。大家都说抬回去放炕上吧。从树上掉下来摔得不轻，身子一抬起来她就哀叫一声，近处的邻居拉来一辆架子车，铺了条麻袋把她放上去。

路远给她妈换了衣裳、擦洗过了，一直跪在炕边守到半夜，才给她灌进去了几勺水。李双娟的头在枕头上拧了一下，长长地吐了一口气，叹道：“宽娃……”

宽娃就是路宽，路远的弟弟。七岁半那年夏收时节被车撞了，小小身体里的一捧血全泼在了李双娟新收的夏麦上。

二

天麻亮，李双娟就和奶奶出了门。奶奶一手拄着拐棍，一手挽着包袱，包袱里一双青蓝布绣花鞋是给她嫂子的，一条土布裤子是给她侄子的，还有粽叶子包着的两坨土蜂蜜是自家蜜蜂酿的，寒冬腊月娃娃大人爱咳嗽，蜂蜜水润嗓子是顶好的。双娟六岁了，第一次陪着奶奶去转娘家。奶奶说她小时候就去过，双娟说裹在被子里抱去的不算。现在她长大了，自己走一趟才算呢。奶奶的娘家在柳桥镇，那可是个大地方，鸦儿湾和柳桥镇一比，连个指甲盖盖都算不上。柳桥镇要啥有啥，双娟能想到的、想不到的，柳桥镇都有。双娟觉得奶奶真是傻，好好的柳桥镇不待着，怎么就嫁到鸭儿湾来了。奶奶笑，说她不嫁到鸭儿湾来，世上哪儿有你个双娟子呢？

这倒也是。“世上没有个我，谁给你嫂子背醋呢，奶奶？”奶奶笑得响，说双娟是我的心尖尖肉，一边把孙女肩头的袋子重搭一遍。袋子里装着一壶新酿的醋和一个新摘的南瓜，袋子口一扎，南瓜和醋壶各在一头，袋子中间拧一下，往肩头一搭。

太阳冒过山梁了，双娟问奶奶快到了吗？奶奶看她把肩头的袋子左边换右边倒换了好几回，知道孙女走不动了，就说坐下来歇会儿。

“走到能看见沙子路就快到了——运气好了，说不定还能遇上个汽车。”

“汽——车是个啥？甜的吗辣的，奶奶？”

“咦，我的嫚儿，汽车不是个吃的。汽车会跑啊，比马还快呢！”

“比马还快？”双娟杏目圆睁，“吃草还是吃料？”

“这你还把我问住了。”

“你见过汽车吗？奶奶？”

“哎……近处没见过，远远看过——那时候你舅爷在兰州念书，走的那天，早早就打发家里人去洋路上堵个汽车。我爹说把家里的白马骑上去，再跟一个长工把骡子骑上，到兰州了长工再骑骡子把马拉回来。我哥哥说汽车比马快，堵个汽车坐上，天黑就能到兰州——”

双娟把奶奶扯起来，把包袱给她挎好，鞠躬一样弯下身子让奶奶快点把袋子给她搭好："快些赶路，奶奶，赶到洋路上了咱一气儿缓，说不定还能等住个汽车看一眼——你说奶奶，你说你哥哥堵个汽车的事。"

奶奶故意说再歇会儿，双娟快急哭了奶奶才站起来："你想想，比马还快的个汽车，咋堵住？"

"拿鞭子？不行不行，汽车比马还金贵，鞭子会把它打坏的——奶奶你走快些嘛！"双娟像一只小羊羔，驮着袋子走了几步就把奶奶甩在了后面。"拿草？是不是拿草，奶奶？汽车爱吃嫩苜蓿芽儿吗？它一闻见苜蓿芽儿就站住了，它吃草的时候我舅爷爷就骑上去了。"

奶奶说不对。

"那就是拿树梢子和麻绳！我看宰猪宰羊宰牛的都是拿树梢子先赶进一个小圈，几个人围住，按头的按头，绑绳的绑绳，一会会儿就把它按倒了。"

奶奶说也不对。说她想着应当是几个长工扛着顶壮的椽和檩子站在路中央，汽车一跑过来就把它堵住不让跑，等人骑上去再把椽棒檩子移开，到了兰州也一定是有专门堵汽车的人，拿椽和檩子一堵，她哥哥就知道兰州到了。"远远就听见汽车响，长工喊说，赶紧赶紧汽车像是过来了，我哥哥一把提起箱子就往大门外跑，我赶紧往堡子墙上跑。堡墙上有个哨楼，站在上头连南河都能望见呢——"

"奶奶奶奶，汽车咋叫唤着呢？像马，还是像骡子——还是像狼？”

“咦……汽车的个喘声，难说……叫不像个叫么吼不像个吼，像个旋风嘛像个雷吼的声音，你还把我问住了……”

“我问个啥都把你问住了，你到底见过吗没见过？走紧些嘛，奶奶，你越走越慢了。”

“咋没见过——我在堡墙上看见我哥哥又没拿鞭子又没拿树梢子，连一根椽都没拿，眼看汽车过来了，啥都不拿能堵住啊——”

“奶奶，汽车毛啥颜色？长吗？有马鬃长吗？四条腿吗两条腿？啥蹄子奶奶？汽车蹄子打啥掌？哎呀，谁敢给汽车钉掌谁就真格本事比天大！”

奶奶笑她是个瓜娃，“汽车汽车，是个车不是个牲口，哪里来的蹄子，是几个轮子。”

“轮子啊……”双娟惊愕又失落，汽车和她心里想的咋能差这么远呢！她问汽车有几个轮子，奶奶说三四个嘛五六个呢，反正是多。

“到底是几个嘛？唉，奶奶，你真是白见了一回汽车！”双娟闷头走了一会儿，怏怏地问，“那我舅爷爷到底把汽车堵住了吗？”

“眼看汽车到跟前了，我哥哥把手爹高摇了几摇，汽车像打饱嗝一样，‘嘎’的一声站住了。像耳朵一样的个东西扇开来，我哥哥爬上去钻进去了。”

“我的咣……咣——”双娟惊得口水都要掉下来了，“我舅爷爷咋这么有本事唻！”

走到正午，终于从山里绕出来投上了洋路。洋路是一条宽路，上面铺了沙子。双娟在路边地里拔了个萝卜，和奶奶坐在一棵树下吃干粮。她嚼几口萝卜就停下来，听听有没有汽车将来前的异响。她问奶奶今儿能遇上汽车吗，奶奶说这事说不准，汽车四处跑，啥时候跑到这一截路上来没个定数，遇上遇不上全靠缘分。

一直等到太阳斜过正天，连个放羊的都没等过来。奶奶催了三四回，说再不走太阳跌窝了还走不到舅爷爷家。双娟这才不情愿地穿过洋路，拐上了另一条小路。袋子里的南瓜像长大了一样越走越重，双娟背得很丧气，埋怨奶奶说柳桥镇要啥有啥，非要从鸭儿湾背一个老南瓜，鸭儿湾的南瓜又不是金子长成的。奶奶没搭言，走了几步忽然站住了，双娟不理奶奶，还是闷头往前走。奶奶喊她，她不应。奶奶又喊：“嫚，你看远处那是不是个汽车过来了？”双娟知道是奶奶故意哄她，气呼呼地往前走。走了几步，耳朵里好像钻进了些啥响声。又走了几步，那响声越来越大。她的心紧了一下，转过身来。确实是有个响声。她紧走几步，挨着奶奶站住。

“怕真格是汽车来了！”奶奶的神色紧张起来，双娟听见自己的心在腔子里打鼓。奶奶拉起双娟爬上一个大埂子，往山梁下望。

洋路上远远腾起一团土雾，像正月里舞的龙，只是这是一条土龙，土龙沿着洋路向前游动。奶奶一把把双娟驮在脖子上的袋子卸下来，说：“我娃赶紧顺来的路往下跑，看能撵上看一眼汽车嘛！”双娟觉着自己的心都不会跳了，抬脚就往下跑。

刚绕过一个弯子，她又往回跑。奶奶站在田埂上大声喊：“往下跑——”双娟高声喊奶奶：“奶奶——汽车咬人吗？我一个敢去看吗？”

“不咬——赶紧跑，迟了就看不上了！快！”

李双娟再也没有什么担心的了。只听见耳边山风呼呼的，脸蛋上的肉都跑得颤起来了。绕过一个弯子她就朝山下望一眼，什么也望不见，但听得见声音越来越大了。这从未听过的声音让她全身都感到饱胀。

后来回想起来，李双娟想明白了，她和汽车差不多是同时到的那个路口，那是一个急转弯。巨大的响声完全占有了她，让她没有一丝一毫的精力用来思想。一个庞然大物从眼前擦过，随后她就被一团土雾包裹了。沙土填满了她因为惊讶而张大的嘴巴，呛鼻的土腥气里还有一股浓烈的气味儿。

后来，鸦儿湾的伙伴们无数次问她汽车味儿到底是个什么味儿，她都无言以对。那个气味无法形容，也没有什么别的气味好拿来给它做个比方。原来，世上有一种独一无二的味道，它就叫汽车味。多年以后，路子买回一辆拖拉机，她偷偷凑近车头闻过好多次，每次都是失落的。再后来她闻过了柴油煤油机油汽油，闻过路子汗湿的肩窝里淡淡的拖拉机发动机的味道，这些味道都让她欢喜，但没有一个是她当年闻到的那种味道。她一直相信她六岁那年闻到的，才是一辆汽车真正的味道。

腾起的土雾慢慢塌回路上，双娟觉得她的脚还是麻的，地皮子还在抖。

汽车呢？

她想了想，开始朝着汽车消失的方向奔跑。土雾越来越淡，那震耳欲聋的响声也不可遏制地减弱。可它刚刚喷吐在她身上的气息还在，它迅速掠过她时鼓出的巨大的风，甚至还没有从她的皮肤上完全消散。

汽车呢？它长什么样儿？它是什么颜色？它到底有多大？她一边跑一边问自己，可一个也回答不上来。她真想扇自己一巴掌！李双娟，你咋这么笨呢？你知道你有多大的福分才能遇见一次汽车吗？

她知道她追不上了。她怎么可能追得上汽车呢？汽车比马还要快。可她现在觉得“汽车比马还快”这话不对。马她见过，她大甚至还抱着她骑过一回，马跑起来蹄子敲打路面的声音很好听。可无论如何，马和汽车是没法比的，究竟怎么个没法比，她完全说不清楚。此刻，李双娟开始怀疑，她刚才到底是不是看见一个名叫汽车的东西从眼前经过。

她绝望地朝着汽车消失的方向跑。她不知道除此之外，还有什么能弥补或惩罚自己的过错。

后来是怎么走到柳桥镇的，李双娟完全记不清了。只记得一进门舅爸把她抱起来，连着脖子上的老南瓜和醋壶都一把举起来，她竟然笑都没笑，也不叫舅爸。奶奶说她怕路远孙女子走不到，就哄她说路上能看见汽车呢，不想还真来了一辆，跑下山去没撵上看，气得一路上不说话。双娟跑过去要捂奶奶的嘴，已经来不及了，她又羞又气，更不知奶奶原本竟是为了哄她，眼泪就涌出来。舅爸哈哈笑起来，拿大手抹她脸上的泪。反正眼泪都出来了，双娟索性放声大哭，在此之前，她只知道抓五子输光了杏核儿是一件要哭一场的事，而今天发生了一件大事。

李双娟出嫁的前一天，大家还在说这个笑话。说舅婶婶把树上的青枣儿揪了一把，才哄得双娟止了哭。擦干眼泪的第一句话是："舅爸，你长了这么大见过几回汽车？"

"咋没见过！"舅爸像个顽皮的孩子一样鼓圆眼睛说，"汽车汽车，为啥叫个汽车？就因为气大呀！嘿！你知道汽车咋跑起来的吗？一个几尺长的歪把子铁棍，插进汽车的鼻子眼儿里，一顿戳搅——那么大个汽车，搅得轻了人家还不搭理你，要大汉子猛劲搅！搅上几十下，汽车的气一下子被惹起来，嗷……嘭嘭嘭一声吼，咋了？汽车的气上来了！我的咣咣……这你就自己想去吧，要多快有多快！"

舅爸讲的这个汽车，和双娟心里想得差不多。她一下子就喜欢上了这个舅爸。回想今天的那个汽车，李双娟不知道它是在哪里被人搅得生了气。它心里该有多大的气呀，跑了这么远还没消，那么快就从她眼前闪过去了。

“舅爸，太过气大的汽车，会不会防不住把自己气死？”

李双娟的话把一屋子的人都惹笑了。有一年冬天，路子要去拉砖，半夜起来发车，机油冻住了，怎么摇也摇不起来，气得直骂人。李双娟就讲了这件往事，路子笑得把灯罩上的灰都吹下来了。丈夫胡楂子上结着霜，凉津津地挨在她耳边说：“我咋寻哈你这么个瓜婆娘。”手伸进被窝捏了一把她的屁股，又出去发车了。

被舅爸双手掌起来的李双娟后来又来过一回柳桥镇，再后来就不来了，没见过谁家十几岁的大女子还往亲戚家乱跑的，只是听说柳桥镇的路修通了。转眼就到了谈婚论嫁的年纪，媒婆把门槛都要踩断了，李双娟见一回就把门一关不说话了。急得她妈天天骂，说你以为你是天仙吗牡丹，你要嫁皇上呢吗？奶奶也急了，四处托人说媒。还是柳桥镇的舅爸，说镇上有个路家，短处是单门独户，老弟兄两个是从甘肃过来的搬迁户，家道一般，长处是娃娃忠厚老实，念过几年小学，识字识数儿。小伙子大名叫个路宏强，小名叫个路子。

路子把李双娟走过的路也走了一遍，来鸦儿湾相看媳妇。她听说是柳桥镇的，心里就愿意了一大半。媒婆说女方脸白得像面碗，眼睛像水杏，两根长辫子油光水滑，路子看了炕沿上的人一眼，觉得媒婆虽有夸张但大抵相符，心里就想把这个女子定下。苍蝇嗡嗡的，两个人都不说话。坐了半天，路子说：“你家这地方还远。”

“有多远？我六岁上就去过柳桥镇。”

“真的？”

“咋不真？”

“那你咋没到我家耍来？”

她咬着辫梢子哧哧地笑。“我又认不得你……”

“这回把我认下，我大名叫路宏强，小名叫个路子。”说完路子的脸和脖子都红了，麻酥酥的。

“世上还有姓路的人呢？”她心里好喜欢这个姓。

“咋没有？我家这一门子人都姓路。”

双娟左手捏着右手又哧哧地笑。这个人真有意思，介绍他名字的时候像个狡诈人，这一句又像个憨人。她抿了下嘴唇故意问：“你姓的这个路，是洋路的路？还是土路的路？”问完自己先捂着嘴笑。

“公路的路。”路子望着她笑，说柳桥镇的公路修通了，听说过几年还要浇沥青。

啥是公路啥是沥青？这是她完全没听过的，也没好意思追问，就还是绕回去逗他：“你叫个路子啊，你咋不叫个车子？”还没说完自己先笑。路子也笑了，笑出声音来。她倒后悔了，拿眼睛瞪他。这个人咋这么不经逗，才说了几句话就笑得山摇水响的，要是媒婆子婶婶在门帘外听见了，还不知要怎么编排呢。又不好叫他小声点，正不知道要怎么着，路子说：“路比车长么，车要有路才能跑。我家以后养下娃娃就叫车子，大车子、二车子、三车子——”

李双娟飞红了脸，“噌”一声从炕沿上站起来，夺门而去。

“哎——”路子也站起来，后悔地挠着自己的头皮。“这人，咋这么大脾气，我又没说个啥嘛……”

李双娟一口气跑到了门外的菜园子里，躲进高过头的玉米地里，按紧自己的胸口站着。玉米叶绿油油的，顶端的穗子上正在扬花。她想哭，却不知道为啥要哭。

挖洋芋的时候，路家人来定亲。腊月宰了一头猪，卖掉半个置办烟酒糖茶，剩下半个做酒席，风风光光把李双娟娶进了门。玉米再扬花的时候，女儿已经生在了炕上。路子抓耳挠腮地翻《新华字典》，要取个名字。双娟说：“名字你去年不都取好了吗，大车子、二车子、三车子。”路子扔了字典凑过来，闻见她一身的奶香，笑笑地说：“我咋寻了个鸦儿湾的瓜女子当媳妇啊！”

后来取的名字叫路远。路子说：“我爹从甘肃迁来柳桥镇，你六岁上就来过柳桥镇，我二十一了才走到鸦儿湾，咱俩的夫妻路绕得够远。远归远，还是把你寻见了，就叫个路远吧。”

“往后再养个老二，叫路长吗？”李双娟眨着水杏眼看他。

“再养给我养个儿子，名字就叫路宽。”路子攥着她的手说，“娟儿，你要真给我养个儿子，你就是我这一辈子的恩人。我把你背到西安城里吃一回烤全羊！”

“我又没瘸没瘫，要你背……”李双娟也动了情，“我养个儿子你就给咱买个拖拉机。”

路子睁大了眼睛。整个柳桥镇也才两三辆拖拉机，全镇人碾麦场全靠这三家人。人家那是啥家底，咱能买起个拖拉机呀？房都没修起，一家三口吃喝拉撒都在这一间泥坯房里。

“我想了，咱攒够钱先买拖拉机。你不看这三家年年夏收都是独门生意，农闲了也可以拉砖拉煤，只要有车，靠住车挣钱不比你和我种菜种粮食来钱快啊？房可以缓一步再修。”

路子还是有些迟疑。柳桥镇靠着312国道，这些年种菜都往外地销，啥菜都能换成钱，粮食之外再加上菜，家家日子都好过起来，一年四季有人修新房。路子看得眼热，心里暗暗想着，三五年里一定要修两间砖房，让娃娃媳妇亮亮堂堂住进去。可媳妇说的话也在理。

路远三岁那年，辣椒和卷心白菜忽然飘成了天价。路子天天熬在菜地里，肚子大得像抱了个面盆的李双娟也一天两趟往地里跑，路远睡着了就铺件褂子放在板车上。菜贩子的车就停在地头上，挨着往过收。双娟从娘家叫来几个亲戚帮着摘辣椒、铲白菜。整整三亩辣椒三亩白菜，邻居看得眼睛直放绿光。“狗东西路子，能掐还是会算？他咋就知道今年西红柿要跌？白菜和辣椒都种到点子上了！”

摘完最后一茬辣椒，过了磅算了账，路子像被人灌了一大瓶烧酒，晕乎乎的。他活了这么大没见过这么多钱，他死去的爹更没见过！他抱过女儿结结实实亲了一口，就上街卖肉去了。提着一个完整的猪头走在路上，路子觉着手里的猪头都在对他笑。妈的……原来人有钱了是这么个晕乎乎、轻飘飘的感觉，像醉了一样，心里是明明白白的，嘴里还痒痒儿的想唱个曲儿，忍住了。进门却看见二妈在院子里，他还以为自己走到了二叔家。正要问，听见媳妇在房里叫，高一声低一声的。

“你还有心买猪头，娟子要养了！”

“二妈，你……说啥？”

后半夜送走了二妈，路子蹲在门口抽了根烟。烟头的明灭中，他看见挂在房檐的猪头还在对他笑，路子忍不住对猪头也回了一个笑。媳妇听见他划火柴，叫他进来。他几乎是爬进了屋门，倚着炕墙蹲在地下。半晌，叫了声娟儿，眼泪就流下来。他觉着他把自己的命都舍得给炕上睡着的这个女人。她伸出虚弱的手来，摸了一把他的脸。一手的水。

“路宏强，我把儿子养下了，你舍不得西安城里的烤全羊，后悔得哭呢吗？”

路子双手握住她的手，按在自己的脸上。“瓜婆娘……”

出满月的前一天，院子里吵吵嚷嚷的。李双娟以为谁家吵架吵到她家门口来了，撩起窗帘朝外望，见镇上几个人拆了她家的大门，正把门扇往院里放。李双娟心里一急就下了炕。

突突突突……从没门的门框里开进来一辆拖拉机，大红色的水箱冒着热气，深蓝色的长手柄后面坐着一个人。路子！

路子脸红得像一个被闹洞房的新郎官，兴奋地嘟着嘴，旁边几个人七嘴八舌地指挥着他往左往右，又喊停。路子手忙脚乱地不知道怎么停，有个熟手一抬腿跳上座椅，不知在哪里拉了一把，拖拉机吼了一声熄了火。路子跳下来，像偷开别人的拖拉机被发现了一样，站在地上笑。门口的大人孩子也挤进来，嚷着说要给新车挂红，要路子买酒喝。炕上的路宽被吵醒了，试探着吭吭了两下后放声大哭，哭声嘹亮如唢呐，满院子的人都听见了。众人问啥时间满月，路子笑红了脸说，明天。

“差个一天有啥！我看就今天——你看你媳妇都下炕了，急着要给我们买酒炒肉呢！”

“路子你儿女双全还添了一辆新车，明年再把房一修，离皇上不远了！”路子憨笑着，说没钱修房了，真没了。

路子不让李双娟出门，怕受了风，她真就二十九天没出来。一出门太阳亮得晃眼，加上众人起哄，李双娟自己都知道她的脸红透了。

大伙儿一直喝到瓶底儿朝天才陆续散了。李双娟这才走近拖拉机，一股新油漆的味道扑鼻而来。路子趁着酒劲，一把把她抱起来放在蓝色的座子上，她惊叫了一声。路子抓过她的手分别放在两个把手上，李双娟像个假人一样被摆弄着。路子退后几步看了看，又走上来说：“师傅，碾一场麦子多少钱？”

“一百！”李双娟眼波流转，双手摩挲着蓝色的车把。

“我的咣咣——你也敢要呢！照你这么挣钱，一年怕就富得流油了！”

“买主！你有所不知——”李双娟认真地说，“我家男人过两三年要当皇上，哪个皇上不是三宫六院的？我家不分大小总共一间屋，三千个娘娘娶进门站都没地方站，我不挣钱能成吗？”

“有理有理！”路子笑得蹲在了地上。“瞅你那瓜样儿……”

有苗不愁长。一转眼，路宽牙牙学语了，指着树梢和麦秸秆黄泥修起来的车棚喊车，说出来只留了个车字的调，音却成了特。李双娟第一次就听懂了，一口把儿子指向车棚的小嫩指头含进嘴里，吮得啧啧响。“我儿认得车了！”说着又把儿子的脸亲得响。孩子笑得像一只小葫芦。

路宽三岁那年，路子给别人家扬场，被风扇削去了手指。缓了几天拆了线，路子手上缠着纱布又出去碾场了。车在那里放着，不碾咋弄？日子总得过。晚上回来，李双娟问路子手疼吗，路子说不咋疼，就是拖拉机上抖一天，抖得肚皮子疼，“肚里的肠子都要抖乱套了！”她就给他缝了个小孩儿才戴的裹肚，让他出门前缠上。那些年，年年夏收都能听到谁谁家碾麦有人被风扇削去了手指的事，还有人丢了胳膊。可这又能怎么样？没机器的时候扬场都是等风，有了机器，再没有一个人有耐心等风了。又过了些年，不知道有多少人丢了手指，风扇上才兴起装个罩子。截几段钢筋焊个圈，简单得不能再简单的一个罩子。这往后，就没再听说谁家扬麦出了事端。机器都是这样越变越好的吧？或者说，人都是这样越来越会用机器的吧？

那些年水泵也多起来，不知是真是假，都是这么传的。说有个懒爹盛夏正捉着水管子浇地，小儿子在旁边拉屎，拉完喊爹帮他擦屁股。懒爹突发奇想，让儿子撅起屁股来他用水管子冲冲多干净，正冲着有人关了电闸，水柱就塌了。懒爹把管子口挨住儿子的屁眼儿，想再冲冲。关了电闸的水泵朝里吸，像人害病吸冷气，儿子尖叫起来懒爹还不知道咋了，等发觉不对再拿管子，已经拿不掉了，孩子的小嫩肠子被吸进管子里了！谁能想得到，一个水泵也是能吃人的。

路子的手指是再也回不来了。李双娟有一回叹息，说咱那二年咋就想不起来给风扇戴个罩子。路子知道她的意思，淡淡地说："你要能想到这，你就会造飞机了。"

李双娟悠悠地说："飞机上天多少年了，会造飞机的人也没想起给风扇戴个罩子。"路子想了想，有道理也没道理，造飞机的人哪里会想起操拖拉机的心，净操拖拉机的心，飞机怕总也上不了天。"这不是咱能操明白的心。明早去哪里拉土？"李双娟说众人都在上园子那儿拉。

他们自然也是去上园子。一早起来，吃过馍馍喝过茶，路子两口子把铁锨、镢头放在车厢里出门了。要是有人问柳桥镇人，一个农民一辈子要干哪些活，就算把劁猪钉掌磨豆腐都算上，也没有一个人会提起拉土。路子两口子出门，就是去干这一件谁也想不起来提的活。

上园子有一大片土崖，东家西家都在这儿取土，没有十年也有八年了。柳桥镇的土黏性小，取土是最容易的，常言道："软处好取土"，就是这个意思。拉板车的人在低处取，开拖拉机的就顺势在高处取。低处的挖悬了，高处取土更省力。路子要把车厢朝着土崖倒进来，站在车厢边子上在高处取土。李双娟说了句不去那儿吧，那一花子看着悬悬儿的。路子说不咋的。她的男人干过多少的活，大活小活数不过来，一镬头土的事，她没想着跟他多说。

路子抡起镬头只挖了一下，“哗啦”一声，李双娟的眼睛就吓麻了。拖拉机车厢里满满尖尖堆着一车厢土，像一座坟被搬到了车厢里。

李双娟叫一声“妈哟……”，往车跟前跑着腿已经软了。路子和镬头都不见了，像飞了一样毫无踪迹。

“哎哟……天爷——”李双娟一边喊人，一边用手掏土。她觉得把头发丝里的劲都用来喊人了，竟还没有个人听见。

起得太早了。他两口子干活不要命，这么早，有几个人来上园子呢。

“宽娃大……你出来——”李双娟爬上土堆，用自己的肩膀往下搡土，“你不要吓我，你出来……你藏到哪儿去了——”

要是他俩起迟一点，要是旁边有个人过来，一定会听见路子女人像在跟谁求饶一样地说话。他一定会跑过来看一看。

不知道镇子上人是怎么来的。喊人的喊人，掏土的掏土，队长在喇叭里喊着快去上园子救人！大半个镇子的人都扛着铁锨往上园子跑，黑压压的扯了一路。

掏出来的时候路子的脸上没有一点血，全是土，鼻子嘴里都是土。有人赶紧撬开牙齿掏嘴里的土，拿水冲洗了口鼻，路子嘴里才涌出一口血。

“有救有救！还有气——快！”

几个人用胳膊套住腋窝往出拉，拉出来两条腿已经没有了，裤子扁扁的塌在一起，血早都被土吸干了。往另一辆拖拉机上抬的时候，路子又吐了一口血。他软软地栽在乡邻的怀里说：“救我。腔子……憋——得很……”

突突突突……拖拉机冒着黑烟往城里开，一车厢的人都在车厢里抖着。这是他们由陌生到熟悉的震颤，拉煤拉炭，拉砖拉水，拉菜拉粮，他们早已熟悉了这热闹的震颤，这生活里忙碌的震颤，也早已忘记了它。路子的嘴里随着震颤不住往外涌血的时候，他们不住地喝骂开拖拉机的开稳一点。掌拖拉机的乡邻满身满脸的汗，嘴里应着好好。他开了五六年的拖拉机了，他觉得他的拖拉机上山扒洼，没有这么抖过，他的手都抖麻了。李双娟瘫在车厢里，昏死过去又被掐人中掐醒。

“嫂子——嫂子，快醒来，马上到卫生院了——”

“我醒着——”她的头软软地顶着怀抱路子的人的胳膊，气若游丝地问：“宽娃大——你觉着腔子里……松活些了吗？”

出殡那天，路宽双手抱定孝盆，任谁说啥也不肯松手。李双娟喊了一声宽娃，他一回头，失手似的，孝盆掉下去摔烂了。路宽放声大哭，哭声嘹亮如唢呐。

路子二叔的浊泪顺着胡子流。“把我路家的一条龙飞了……”

三

那一年起，李双娟没再种菜，把地全种了麦子。乡邻也不再叫她路子女人了，改叫宽娃妈。再也没有人隔三差五地站在门外喊路子在吗，有时间给我拉个炭拉个水碾两天场吗？路子把这个家的热闹和响声全带走了。路子的娃娃女人见人也不笑了，路子把他们的笑也带走了。

路子家以前总是最后一个碾场的，因为路子要先紧着把别人家的碾完。头两三年，几个有拖拉机的总是主动上门来，给路子家先碾，后头也就慢慢淡了。亡人烧纸烧三年是有道理的，三年时间大约刚好够人们忘记一个离开的人。312国道上浇了沥青，蓝幽幽的，过路的车也越来越多了。有人图省钱，把麦捆子摊在公路上，有一两天就碾出来了。有贪心的连扬场也在公路上扬，货车过路扇起的风，足够把麦子和麦衣分开。

李双娟也把麦捆子拉到公路上来碾，摊开了就和路远、路宽三人守在旁边，守个一两天也就碾出来了，再拉回来。看谁家扬场，就凑着人家的风扇扬了，给大伙儿买几包烟散一散，大家客客气气地接了烟，踏踏实实地把活儿干了，还帮衬着拉回去摞好。大家心里都知道，宽娃一天天大了，转眼就成个小伙子了，家里家外的活儿慢慢也都能顶下来了。

宽娃七岁那年夏收，天气怪端端的雨多。从收麦开始就天天落雨，麦秆子眼看要黑在地里了还不见个太阳，熬了几天，大伙儿都熬不住了，就那么黑乎乎地割掉了。割回来垛着也操心，天天把手插进去摸一摸，潮乎乎的。再这么下去，一年的粮食全都要出芽子了。太阳稍微露点头，大伙儿就急吼吼地去“紧场”：从柳树上砍一大捆树梢，绑紧，给树梢上放两块大石头，拖着在麦场里转圈，把虚了一年的麦场压光压瓷实，好迎接将要到来的碾场。

那天晚上忽然出了月亮，圆得像要胀破，亮得像白天。众人都慌慌的，张罗着明天要碾场。镇子上的麦场就那么几个，都是一家一家轮着碾，都碾哪能转得开，有不少人家就决定抢个晴天，也在公路上碾了，落袋为安。路远和路宽也心慌慌的，她妈不肯出门，姐弟俩也凑在路上，听年长的人指点着月晕判断天气，都说能晴个两三天。有心急的人已经回去收拾麻袋麻绳，给架子车打气，说要连夜把麦垛拆了，赶天亮就摊在公路上。家家院里的路灯都亮着，忙出忙进的。

路远牵着路宽的手，急急儿地回去给她妈报信。李双娟手里做着一双路宽的新鞋，就差最后几针了。李双娟“哦”了一声，像听见了又像没听见，寡淡地叫了一声宽娃，“过来试鞋。”

“妈，别人家都在商量碾场的事。咱家明天也碾吧，我给我二爷爷说了，他明天帮咱们拆麦垛。”

“哦。”李双娟眼皮肿得虚虚的。“新鞋紧吗？下炕走几步试试。”

“宽娃，你别嚷妈了。别人碾咱也碾。”路远老练地揭开发面盆，鼻子凑近闻了闻，“哐”一声把面盆扣在了案板上，把量麦子的一个木升扣在地上，踩上去麻利地揉面。别人家的女人都在忙着烙馍馍，碾场忙起来顾不上做饭，路远见她妈不言不语，就自己干起来。

“妈，我拉不了一车子麦捆子，总能拉动半车子吗？咱也赶紧碾吧？”路宽摇着李双娟的肩膀，她正低着头把食指插进鞋后跟，试试儿子的鞋到底大还是小。

路宽把妈的脸扳起来：“妈，你说碾。”

李双娟的脸被昏暗的灯泡一晃，头晕眼花的。她看到儿子的脸像个灯泡一样在空中晃：“妈，你说碾，你说碾。”

李双娟恍恍惚惚地说：“碾。”

路宽笑得响亮，穿着新鞋在炕上蹦。路远喊弟弟下来：“七岁半的少年了，你想把炕跳塌吗？”

第二天果然晴好，天蓝得像要滴下来。李双娟娘仨才拆了一半麦垛，别人家的麦子就已经摊好了。二叔一家来帮忙，张家强强带着几个半大娃娃也来帮忙，都说他家的麦场已经摊好了，没啥事了。路远甜甜地叫了声强强哥，路宽也凑过来，亲热地叫强强哥。麦场上几个扫场底子的人也丢下手里的活儿，一会会工夫就帮着李双娟把麦捆子拆散，摊在了公路上。

过路的司机最烦这个，麦草缠着车轮子，想快都快不了。而且这帮人一忙起来就像聋子，怎么按喇叭都不管用，一定要理完手里那捆麦子才肯躲开。有的司机故意绕开麦穗头子，从麦秆子上碾过去，柳桥镇人就会对着车屁股骂一句：“把你个短命鬼，给我碾一轮子能把你咋？”

老天爷像是故意要跟人开个玩笑。下午四点多，忽然天色大变，黑云像一个锅盖，一眨眼就把蓝天盖得严严实实，闷雷轰隆隆地响。家家户户都手忙脚乱地收拾麦子。有的麦粒碾掉了，有的还在麦穗里，收了路上的怕淋了麦穗子，收了麦穗子怕雨水冲跑了碾出来的。一年的心血摊在路上，人都像昏了头的牛羊，在路上乱窜，叫喊。

大半个柳桥镇的人都铺在312国道上忙活粮食，李双娟家娘仨也混在人群里忙活，这时候谁也顾不上谁，再有善心的人也是先收自家的粮食。李双娟用木叉慌乱地挑起麦秆，把裹着麦衣的囫囵麦粒往袋子里填。路远用簸箕撮起满满一簸箕，朝路宽撑开的袋子里倒。眼看一袋子装满了，路宽用脚勾扯着旁边的袋子，等姐姐装完这一袋子，他就能迅速撑开另一个袋子。

黑云闷雷把司机也弄烦了，一辆一辆的车，开过来都像疯了一样。路远俯身又去撮麦粒的时候，过来了一辆大车，带起一股风，把路远脚边的几个袋子全卷起来。路宽伸腿一撩，一个也没撩住。就丢开手里的袋子去抢收被吹跑的那几个。一声闷响，豆大的雨点就啪啪地砸下来。谁都没有注意到那声响，路远端起一簸箕粮食转身，不见了路宽。又一转头，哗啦一声连簸箕带粮食丢脱了手，

“宽娃——”

李双娟死命把躺着的一满袋子粮食拉起来，手还抓在袋子上，就看见路宽斜躺在公路畔上，路远趴在旁边尖叫。李双娟腿一软，叫了声“宽娃”，就和粮食袋子一起跌倒在雨里了。她爬到儿子身边的时候，大雨已经能在路上砸起水泡了。

娃娃不起坟，路宽被二爷爷卷了一捆麦草装进背篼，连夜丢在南河滩。大雨把世上的东西全都淋透了，点了半天才把一捆潮麦草燃起来。湿漉漉的南河滩蹿了几朵火烟，一个叫路宽的娃娃就这样从世上消失了。

李双娟大半年没有从炕上爬起来。再出门的时候，乡邻几乎认不出来这就是路子的女人。她剪去了辫子，一下老了几十岁，嘴上布满烂疮，血痂脓痂一年四季结在嘴上。像老狗在热月天伸长自己的舌头那样，李双娟的下嘴唇也长长地耷拉下来，人们看见她的牙床上也生着脓疮。

这个女人不能再称呼宽娃妈了，改叫远娃妈。她愣了愣，眼神虚虚儿的，不看任何人。嘴里说：“叫我李双娟吧。不要把我远娃的名字搭在前头叫我。”

李双娟把车棚拆了，种了一片萝卜。萝卜根还是个细绳子的时候，李双娟开始满院子找她的拖拉机，找不到的时候会光着脚出门，逢人就说他家拖拉机不见了。有时候，手里提着一双新鞋，满镇子喊宽娃回来试鞋。那一年玉米扬花儿的时节，李双娟第一次爬上了庙门前的那棵老柳树，惊动了半个镇子的人。

路家二叔凑了些钱，说要带侄儿媳妇去城里看病。李双娟一看见大车过来就瘫了，谁往车上拉她她就打谁，蹲在地上抖成一团，说不要把她拉过去喂车。

“妈……”路远哭得满脸泪。“车不吃人，咱坐车去城里给你看病。”

“车吃人呢……车最爱吃人。我奶奶把我哄了，说车不吃人。我不能再哄你了！我奶奶……把我哄了……”

尾 声

路远辍学了。

先是在镇上饼子店里帮忙，后来又去了县城。再后来跟着一起打工的去了西安，在餐厅里端盘子。过年回来，给二爷爷带了一条好烟，给二奶奶带了一件棉袄，感谢他们照顾她妈。二爷爷让她放心去外面挣钱，缓几年把她妈带到西安的大医院好好看看病。说她妈这几年老了，也爬不上树了，他们照顾倒不费心。二爷爷还说，让她挣几年钱就回来，他在柳桥镇给她找个好人家。“是哪里人就在哪里过日子，不要往外跑。我和你爷爷从甘肃跑过来，跑了个啥下场？”

路远低着头不吭声，二爷爷心里就明白了七八分。他抽了几口旱烟，没盐没醋地问她，在大餐厅见过最排场的大菜是啥菜。路远想了想，说：“烤全羊。”

张家强强没考上大学，也去外面打工了，一回来就往路远家跑。强强妈叹一口气，心里像别了一根烧火棍。强强让路远给她留个地址，他要给她写信，说他也想去西安打工。

路远坐在炕沿上，低着头。两个人都沉默着，阳光从窗格子里透进来，看得见细小的灰尘上下翻飞。

“强强哥，你知道我没爸没哥。在我心里，一直把你当我亲哥。”

“我就是你亲哥！”强强从椅子上站起来，脖子上突突跳。

“我知道你心里想的啥。”路远的眼泪滚下来。“我不会跟你结婚的。我要离开柳桥镇。”

“能行！我跟你一起走！”强强垂着的手攥成了拳头。“你想去哪里咱就去哪里，多远都行！”

“我要忘了柳桥镇……”路远捂住脸。

“咱们走了再也不回来了！我父母有我两个哥呢，咱们走哪儿把你妈带哪儿，我有力气，也识字，我能养活你们娘俩！”强强扳住路远的肩膀说，“你要相信我！”

路远使劲摇头，泪水从指缝里流出来。强强问她为啥看不上他。

“因为，你这个人就是一个柳桥镇……”路远把脸埋在他的胳膊上，像小时候那样哭起来。

五十六岁那年，李双娟一病不起。弥留之际，她拉着路远的手说：“远娃，汽车过来了。你闻见吗？一股汽车味……”

烧过七期纸，路远收拾出门了。她锁好铜锁，一转身，把钥匙丢进了院子里。丈夫打开车门，诧异地看着她。

路远埋下头，脸贴在母亲出嫁时穿的对门襟红袄上，轻声说：“妈，上车。”

2018.8.27

药

“今天去吗？”

“嗯，在公交上。”

“第三疗程几天？”

“没说。”

“那你哪天停啊？”

手机渐渐变暗，自动锁屏了。车窗上浮着一层春天的灰尘，滨河路边垂柳的黄芽还未转绿。这个季节的黄河水总是灰扑扑的。

这是一栋旧式单元楼，粗壮的暖气管盘在楼道里，外面裹着臃肿的海绵和牛毛毡。迎着婴儿的哭声拾级而上，哭声越锐利，艾草味越浓。

“来了？”曹大夫正往酒精瓶里塞药棉。她报以微笑，照例先去看小罗。

“一只小花狗，蹲在大门口。两眼黑黝黝，想吃肉骨头……”

他沿着拼图的缝隙一脚挨一脚地往前走，嘴里唱着儿歌。小罗姓罗，四岁，梦想成为罗纳尔多。他让我们叫他小C罗，大家都嫌发音麻烦，就叫他小罗。所以小罗姓罗不是一句废话，第一个罗是罗纳尔多的罗，是梦想，第二个罗是他从父亲那里继承的姓氏，是血脉。作为四岁的粉丝，他对偶像所知甚少，但热衷于模仿偶像进球后的欢庆动作：咆哮式、龙爪手，等等。

“你笨啊，又记串了。”康复老师故意撇撇嘴。

“哦哦哦，错了错了，两眼泪汪汪！泪！汪！汪！”他手指勾在身后，一字一顿地晃着脑袋。

她倒喜欢他背错，因为他说黑黝黝的时候，小嘴会用力嘟起来。“两”和“泪”两个字还咬不真，听起来像“娘”和“内”。

“老师，什么是肉骨头啊？”

“就是带着肉的骨头。”

“可是，骨头不能吃啊！”

“你当然不可以，小狗可以啊——脚并齐！”老师突然扇了他一巴掌。

她看到小罗的屁股紧了一下，印着小蜜蜂的薄秋裤松松地裹住他的小屁股。“手背后面——脆骨是可以吃的，比如‘骨肉相连’啊！”

“啥是脆骨？”

“就是骨头还嫩着、没长老的时候。”

“咦？”小罗抬头，盯着康复老师说：“我知道！我的那个爸说，趁着骨头还嫩要好好训练，长老了就治不好了！”

隔壁小女孩锐声哭叫，她的心紧了一下。小罗和康复师都像没听见一样。“看脚！斜到哪儿去啦——”他用手里的细棍抽了一下小罗的脚背。“你的‘那个爸’，好像你有好几个爸一样。”

小罗走到窗边，再折回来。“是我妈妈这么说的：‘你的那个爸呀，懒得哟，啥活也不干’！”她笑了，小罗抬头，看见了她。也不打招呼，只是对着她甜甜地笑，左边脸蛋儿上露出浅浅的酒窝。

她回到对面的针灸室，摘了眼镜，躺下。曹大夫用酒精棉擦着穴位，问她这几天感觉怎么样。她顿了顿说：“还好……好像，没有什么特别的感觉。”

“嗯。”曹大夫轻声应着，“做艾灸贵在坚持，急不得。”

“哦……”她茫然地应着。

最近睡眠不好，还耳鸣。曹大夫又加了针，头上扎了百会和四神聪，双耳扎了耳门、听宫、听会；腹部还是老样子，扎上针后又搁了艾灸盒，待一根艾条燃尽再加一根。配穴扎了膝盖附近的血海和阴陵泉、足三里，脚腕处扎了三阴交。膝盖内侧针感很强，突突地跳着，稍微动一下就直抽到脚心。她像被点了穴一样硬挺挺地躺着，告诉自己尽量不要去想针。

昨晚又梦见了……她大意了，没有裹紧孩子的脚，婆婆一边责怪她，一边拿着鞋袜走过来。她捧住孩子粉红色的小脚在自己的脸上蹭着，那些细细的纹路让她心里涌起浓浓的甜蜜。醒来摸摸枕席空阔，知道是梦，又免不了一番痛哭，怨天怨地怨命，直哭得汗泪交流。最终还是怨回自己的丈夫，那个晒不黑的炮兵。半年才有一次探亲假的炮兵。恨一下却又恨不起来了，这个汗水里有向日葵花盘味道的丈夫，任性起来更像她前世的儿子。第一次、第二次……他从来只是急切惊慌地问她疼不疼，却不知道问别的。她无法让他知道，在妇产科的卫生间里，她的血怎样像小溪一样流淌。她也无法向他描述，医生给她看的是一块怎样的东西。就好像，在他永远无从到达的地方，她独自做了一会儿母亲。

“曹叔叔，拔灯——”小罗每天都这样喊。

“不对！拔什么？”

“灯……灯……增……针……”

“连起来。”

“曹叔叔，拔灯——不对，拔针。曹叔叔，拔针！”

“下次要一遍说对，说不对我就不拔了，你顶着脑袋上的针回家去。”曹大夫推门进来，把小罗头顶和两鬓角的二十几根针拔掉。她没戴眼镜，看不真切，但数他胳膊的摆动就知道，他一次会同时拔掉两三根针。小罗有时会哼一声。她知道那种感觉，很想对曹大夫说，一次只拔一根吧。大夫走了，她也没说出来。

“你能帮我把门关上吗？”

小罗不吭声，乖乖去关门。她仔细听着他的脚步声，判断他走路的姿势。隔壁治疗室里女婴的啼哭稍稍弱了些。

“我今天扎针的时候没哭。”小罗凑近她，一股甜丝丝的鼻息落在她的脸上。

她被他的小心思逗笑了，刚一笑，耳边的针就抽着疼。她慢慢收回笑，等着疼痛缓解。“猜猜桌上的袋子里是什么？”

“糖葫芦！”他蹦过去，左脚蹭地的声音很大。她皱眉。

“好吃吗？”

“嗯……”他应道。

“过来，让我看看有多好吃。”

“看不见，再近点……还是看不见，再近点。”

他嘻嘻笑着，贴近她的脸。

面如银盘，眼波流转，漂亮得不像个男孩儿。他舔下几粒黑芝麻，抿紧嘴唇用门齿细细咬着，修长的柳叶眉皱起来，严肃得很。惹得她直想把他秀气的小酒窝也用门齿关起来细细咬一下。

比不像男孩儿更不像的是，他是一个脑瘫患儿。除去个别字音发不准确，小罗比一般的孩子还要机灵些。重点是他的脚。骨骼完好，但无法正常行走，两只脚内扣着，脚尖着地，速度稍快一点身体就前倾栽倒。听到曹大夫说是因为怀孕期间服用了孕妇禁用药，她像被迎面挥了一锤。醒过神来，满脸的泪像雨水一样。

“刚出生就发现了吗？”

“没有，直到开始学走路。他的后脑勺有一侧是凹进去的，你没有发现吗？”曹大夫看她的时候，她慌乱得像个被抓住的小偷。或许是为了安慰她吧，曹大夫接着说：“所以，你的选择是对的，这样的风险谁也承担不起。”

“万一没影响呢……”

“万一有呢？”这一组对话曾循环了无数遍，她问别人、问自己，也被人问。没有谁能干干净净擦除这个问号。第一次意外流产后，这个高悬的问号分秒不息地逼问着她。医生说，间隔四个月经历两次流产，很有可能造成习惯性流产，甚至不孕。

那我不做了！

万一胎儿受药物影响呢？

万一我从此不孕呢？

如果生下来真的有问题，你怎么向这个生命交代？

她抬起手来，轻轻抚摸小罗的脑袋。那突然凹进去的一块，让她仿佛一脚踩空了似的。

“这是山楂做的。”小罗全然无知，她却像冒犯了他，讪讪地应和：“对的，山楂剖开，夹了豆沙。”

她把手滑到他的脖颈上，摩挲着潮湿的汗气，疼惜地说：“乖。待会儿听老师话，你要不哭，还给你买糖葫芦，明天咱们换枣泥馅儿的，好不好？”

“沾不沾黑芝麻？”

“沾……沾两层。”她几乎要把他的脸搂到自己的胸脯上了。“小C罗，我不来这儿了，你会想我吗？”

“你为什么不来了呢？你是怕扎针吗？我的那个爸说，不哭就不会疼，越哭越疼。”

“那你昨天还哭那么凶？”

他不吭声了，她才觉得这样问很伤他。“好了，不说了……

我们是好朋友，对吗？”

小罗犹豫着：“可是，我已经有好朋友了。”

她很失落，心里酸酸的。想想又觉得自己好笑，便问：“你的好朋友是谁啊？”

“她叫豆豆。豆豆喜欢跟我玩，我也喜欢跟豆豆玩，她有好多玩具。”看来他是真喜欢豆豆。“可是，我们只能玩一会儿，她爸爸就接她上楼吃饭了。豆豆白天要去幼儿园，豆豆说幼儿园不做康复训练只做游戏，豆豆让我跟她一起去幼儿园，可我爸爸说我不能去幼儿园，我要做康复训练。曹叔叔跟我爸爸说，如果我不做康复训练，长大就不能走路了，只能坐在椅子上，也不能跑步踢足球。C 罗就能跑步，也能踢足球，还能进球，进球就欢呼：嗷……嗷……”

模糊的泪眼中，她看见他张开手臂学罗纳尔多欢呼的样子，一只手高举着糖葫芦。

康复师喊小罗回去上器械，他脆生生地答应着，涂了冰糖的小嘴唇红得发亮。开门，关门，离开。

她的手重新搁回自己的腹部。

“脱鞋。扶好……抓紧了。”康复师的声音冷冰冰的。她的心紧起来。她心疼小罗的顺从，他从来都不会磨蹭，好像完全忘了昨天下午的哭喊，忘了他进去要做什么。就好像喊他去吃另一串糖葫芦一样。

或许——他真的有点傻吧……

“你的选择是对的……”她攥紧了手心，把曹大夫的话在心里默默对自己说一遍。

“老师，你待会儿轻一点啊，老师……”小罗的声音虚虚的，有点儿颤，像讨好。

他不傻……这样想着，她的眼泪又流下来。

只要推错一扇门，后面就是无穷无尽的艰难。没有孩子和有个病孩子相比，她宁可要后者。她想过，最坏的结果就是她把一个有缺陷的孩子养大，可我老了死了谁来管？如果孩子来人间只是经历痛苦，我做母亲的心愿就太过自私了。孕期多一天，孩子就多活一天，她想着，我能给它的疼爱只有这个了，三个月的最后期限再去做吧。转念又一想，越大越残忍。

说不清最后是谁、是什么做出的决定，她最终还是做了手术。

她像病房里其他女人一样流血、输液，可她的病床上空空如也，只有泪流不止的她自己。从器械伸进她体内的那一刻起，一种彻骨的冰凉从深处漫上来，再也没有消失过。

隔壁很快传来小罗的哭泣。刚开始还硬忍着，只是嚷着，很快就忍不住了，哭起来，大声喊着：“轻点……老师——轻点！啊……妈妈……”

她紧紧攥住盖在身上的毛巾。

“不要……老师……不……要……”

她知道门关着，他就在对面。她不知道他究竟在上什么器械。

“妈妈……妈——妈……我不要……啊——啊——”

她在发抖。

“不要碰我……啊……老师，我求求你求求你……啊……唔……不要——”

“我是对的……对的……”她的牙齿碰得嘚嘚响，她一遍遍对自己说，“我是对的……”

康复师呵斥他不要乱动，小罗满嗓子涌着哭喊。他不再叫妈妈，也不再哀求轻一点，只剩下哭喊。每一声都像用尽了小小身体里全部力气的最后一声，随即却会跟着一阵更锐利的尖叫。

进户门开了，很响地被关上。她知道，那是小罗的父亲出去了。

她见过他，一个高大帅气的男人。见人客气地打招呼，眉宇间浮着一层愁云。每次把孩子送来，给他脱掉外衣，他就急匆匆退出来，跟小罗告别说要去上班，叮咛孩子要听老师的话。其实，他只是偷偷躲进隔壁房间。他怕他在场，儿子不配合。

这会儿出去，他会在外面逛很久。等儿子哭完，身上哭出的一身汗慢慢凉下去，他才进来。教小罗对康复老师和曹大夫说谢谢、说再见，然后自己又说一遍谢谢、再见，才带着儿子离开。

曹大夫推门进来加艾条，见她满脸是汗，问她是不是晕针了。

她僵僵地躺着。

“为什么不给他打点麻药？你们不觉得这样很残忍吗？”话出口了，她才发觉自己语气生硬，像是同他吵架。她木着，不知道该怎么挽回。

“脑细胞的死亡是不可修复的，本该承担功能的一部分脑细胞死亡后，身体相应的部位就会失去控制，只能由其他脑细胞代为管理。通过疼痛刺激，一部分脑细胞会和该疼痛部位建立联系，最终实现相应控制。如果打麻药，康复训练就没有任何意义了，这和外伤康复是两回事。”曹大夫的声音板板的，像实木方桌。“另外，长年累月用麻药，副作用极大。”

曹大夫出去了，随手关上门。

她不吭声，心里揣摩着，他所说的“长年累月”是多久。

小罗渐渐止了哭，抽泣着。停了一会儿，开始做肌肉训练。小罗先问这个做几次，然后一五一十自己数着次数，鼻子囔囔的。他最多能数到五十，因为他的训练最多要重复五十次。

“抬高！脚后跟挨到我的腿——上身别晃，认真点行不行？再往下压——往下！”

回应康复师的，是小罗用力时的喘息声，偶尔吸一下鼻子。

“拉大锯，扯大锯。姥姥家门前唱大戏。接闺女，请女婿。小外孙儿我也去。”后面的训练轻松些，小罗又开始唱儿歌了。“我也去……我也去……下来啥？”

“就是不让小罗去！你不好好训练哪儿也不准去。腿——抬高！”

“我觉着我……抬高着呢……不让去，也得去，骑上小车赶着去。今儿搭棚，明儿挂彩。羊肉包子往上摆。不吃不吃吃二百！哈哈……吃这——么多！二百呐……”

“你姥姥家是卖包子的啊？”

"老师，我不爱吃羊肉包子！"

"那你想吃啥？手别扶——踢！"

"嗯……那还是糖葫芦吧！"

"就知道糖葫芦，再吃你就变成糖葫芦了！"

"哈哈……"小罗笑得很欢喜。"那我一馋就舔舔我的脚舔舔我的手……嘻嘻嘻……"

听他叽叽咕咕忍着笑，她心里又是水又是火。

所有项目做完了，穿鞋的时候又哭了。她听见康复师说，自己穿还弄疼了，好意思哭这么大声吗？小罗的哭声里就多了些委屈，渐渐收了泪。囔着鼻子问："老师，我的那个爸今天会不会又忘了来接我……他这几天老忘了接我，半天都不来。"

"那我给你爸打电话吧。你去问问阿姨的艾条灭了没有，灭了就拔针。"

他很快就推门进来了。"你要拔针吗？"

"你怎么不叫我阿姨啊？"

他嘻嘻笑，不说话。浓密的长睫毛被泪水粘在一起，眼睛竟更好看了。

"说跟你做朋友，你说豆豆是你朋友；又不肯叫阿姨，你还笑……"她亲昵地捏住他汗津津的手，把他往自己身边拉。他的汗气里带着一丝奶香。

"如果有一天你做完训练，发现我一直没来扎针，你会想我吗？"

小罗看着她的脸，一脸孩子气的茫然，好像什么也没听见。

她想提醒他，我不来你就没有糖葫芦吃了。终究没说出口。

她把他的手重重覆在自己嘴唇上，亲得发出响声来。他嘻嘻哈哈笑起来，像被咯吱了一样挣脱她的手。忽然迸出一句：“我妈妈在医院呢！”

“嗯？”

“妈妈生病了，在医院里，还有一个小妹妹！”

她的耳朵里一阵轰鸣，紧紧攥住他的小手。

他扭了下脑袋，汗津津的小手在她的手心里扭动。

“你叫我妈妈，好不好……”

他挣脱她的手，站在门口说：“妈妈在医院里呢！”

曹医生进来拔针的时候，小罗的父亲回来了。小罗没穿毛衣就穿了外套，父亲只得帮他重穿一遍。

“爸爸，咱们明天去黄河边玩。”

“明天去不了啊……”

“为什么？你说好周末带我去黄河边玩的！”

“我们去黄河边了，妹妹和妈妈怎么办，嗯？”

“带上。”

“嘿……”她第一次听到这位父亲发出笑声。“妹妹太小了，得待在医院里。妈妈也是，她还不能离开医院。”

“妹妹不想去黄河边踢球吗？”

“……这个，等妹妹长大了，你自己问她吧！”

直到小罗离开，她还躺着。针拔了一半，曹大夫接到快递员的电话，诊所购置的小号针到了，对方一直找不到这条巷子。

她就这么僵直躺着，肚子上留着二十几根针，针上面覆着艾灸盒。盒子里的艾条燃尽了，还保持着原来的样子。稍稍碰一下，就塌散成一堆青白的灰烬。

“曹叔叔再见……老师再见！曹叔叔——曹叔叔再见……”

曹大夫有些烦躁地重复路口的标志。小罗走在楼道里还大声告别。

小C罗，他从来不会跟她说再见。是啊，如果算上她，这屋里需要告别的人就太多了。眼泪涌出来，她忙把头侧过去，看到他吃剩的糖葫芦串留在柜子上。竹签上还剩下两个山楂，其中一个被舔去了芝麻和糖衣，红红的。

她从未见过山楂红成这样。

2017.6.26